QUEEN

DER AUTOR

Kerstin Estherr, 1964 in Hannover geboren, käme lieber aus New York. Statt als freie Journalistin für diverse Musikzeitschriften zu arbeiten, wäre sie lieber Korrespondentin für CNN in Tel Aviv. Bisher erhielt sie noch kein vergleichbares Angebot. Also lebt sie heute in Hamburg.

edel company

ISBN 3-927 801-36-4
Alle Rechte vorbehalten
QUEEN
Produktion: Petra Witt
Text: Kerstin Estherr
Layout und Gestaltung: Frank Hausmann
© 1991 by "edel" Gesellschaft für Produktmarketing mbH
© 1977, 1980, 1991 by Queen Music Ltd
Postfach 520 151, 2000 Hamburg 52
Lithographie: MaKo Lithoservice, Hamburg
Fotos: Photo Selection
"Another One Bites The Dust"
Musik: John Deacon / Text: John Deacon
© 1980 by Queen Music Ltd
"We Are The Champions"
Musik: Freddie Mercury / Text: Freddie Mercury
© 1977 by Queen Music Ltd
"We Will Rock You"
Musik: Brian May / Text: Brian May
© 1977 by Queen Music Ltd
"Innuendo"
Musik: Freddie Mercury/Roger Taylor/Brian May/John Deacon
Text: Freddie Mercury/Roger Taylor/Brian May/John Deacon
© 1991 by Queen Music Ltd
Alle Titel: Rechte für Deutschland, Österreich, Schweiz, osteuropäische Länder:
EMI MUSIC PUBLISHING GERMANY GMBH, HAMBURG

QUEEN

Ihre Tourneen gleichen Triumphzügen, ihre Shows sind Sensationen, und ihr gigantischer Sound sprengt die Grenzen des Rock'n'Roll. Die Rede ist von QUEEN. Über zwei Jahrzehnte hinweg halten die vier Musiker Freddie Mercury, Roger Meddows-Taylor, Brian May und John Deacon nun schon zusammen. Veröffentlichen in angenehmen Abständen neue Platten, sind ihrem QUEEN-typischen Sound bis heute treu geblieben. Dennoch liegt hinter diesen Musikern eine Geschichte konstanter Erneuerung, Ausdauer und fester Entschlossenheit, keine Kompromisse einzugehen.

Bis heute verkauften sie 80 Millionen Platten und traten auf der Welt vor über 6 Millionen Menschen auf. Damit zählen sie zweifellos zur Elite unter den Live-Performern.

Gut zwanzig Jahre ist die QUEEN-Geschichte nun schon lang, und natürlich hat sie, wie fast jede Geschichte, ganz klein und unbedeutend begonnen.

In einem kleinen Laden im "Kensington Market", einem Trödelkaufhaus im Londoner Stadtteil Kensington, saß Freddie zwischen seinem Trödelkram und wartete darauf, daß einmal einer der zahlreichen Touristen oder ein Londoner Hippie bei ihm oder seinem Partner Roger Taylor etwas kaufte. Das war im Jahr 1970.

Zu dieser Zeit fungierte Freddie als Leadsänger bei der Formation "Wreckage". "Manchmal traten wir auch als "Sour Milk Sea" auf. Wir konnten uns nicht auf eine Musikrichtung einigen - so spielten wir als "Wreckage" mehr rockige Songs und als "Sour Milk Sea" mehr solche, wie sie auch "Pink Floyd" brachten", erinnert sich Freddie in einem Interview. In dieser Zeit begann er sich als Songwriter und Bühnenpersönlichkeit zu entfalten. Durch den Bassisten Tim Staffel lernte er dann auch Brian kennen, denn Roger, Tim und Brian spielten gemeinsam in der Band "Smile". Tim brachte Freddie hin und wieder zu den Übungsabenden mit.

Freddie schaute sich viele Auftritte dieser Band an und ging nicht sparsam mit seinen musikalischen Ratschlägen um. Gern hätte er seine Ideen mit "Smile" in die Tat umgesetzt, aber die Band hatte einen Sänger. Doch seine große Stunde kam schneller als erhofft.

Im Sommer 1970 stieg Tim Staffel bei "Smile" aus und bei "Humpy Bong" ein. Das Angebot, hinter dem er die Chance seines Lebens witterte, kam von Colin Peterson. Leider bekam die Band nicht den erhofften Erfolg. Freddie stieg also bei "Smile" ein, konnte allerdings keinen Baß spielen. So machte man sich auf die Suche nach einem geeigneten Bassisten. Während sie jeden Tag einen anderen Bassisten antesteten, kam Freddie die glorreiche Idee, der Band einen neuen Namen zu geben: QUEEN. Kurz darauf war der richtige Kollege namens John Deacon gefunden.

Es war 1971 - Queen war vollständig. Anfangs gingen die Musiker noch alle ihrem Studium nach. Roger und Freddie schmissen weiter den Laden im "Kensington Market", um sich ein paar Mark nebenbei zu verdienen.

Das Band-Logo, daß sich aus den vier Sternzeichen der Musiker zusammensetzt, ist übrigens eine Idee des Kunststudenten Mercury.

Freddie Mercury

Freddie Mercury wurde mit dem Namen Frederick Pluto Bulsara am 5. September 1946, als Sohn der Eheleute Bami und Jer Bulsara auf Sansibar, einer Insel, die heute zu Tansania gehört, geboren.

Später benannte er sich nach Merkur, dem römischen Götterboten und änderte seinen Familiennamen in Mercury. Seine Eltern sind Briten, der Vater Diplomat, und das war auch der Grund, warum die Familie nach Indien zog und Freddie in Bombay die Schule besuchte. Dort erhielt er seine ersten Klavierstunden.

Freddie war dreizehn Jahre alt, als die Bulsaras, inklusive Freddies jüngerer Schwester Kashmira, nach London zogen. Nachdem er dort die Schule beendet hatte, schrieb er sich im "Ealing College Of Art" in London als Student ein. Er verließ es mit dem Diplom in Kunst und Design in der Tasche.

Schon während der Studentenzeit interessierte er sich in großem Maße für Musik. Pete Townshend von den "Who", Ron Wood von den "Faces" und Roger Ruskin von der "Spear Of The Bonzo Dog Doo Dah Band" gehörten zu seinen Favoriten. Er spielte und sang selbst in einer Band namens "Wreckage", die auch unter dem Namen "Sour Milk Sea" auftrat.

Tim Staffel war sein Studienfreund. Er war, bereits erwähnt, derjenige, der Freddie in die Band "Smile" brachte, aus der später QUEEN entstand.

Freddie galt in seiner Jugend als sehr schweigsam. Noch während des Studiums erzählte er nicht, daß er aus Sansibar stammte. Außer seinen Eltern gab es einen Onkel, der in Arabien in einer luxuriösen Villa lebte und der Freddie nachhaltig beeinflußte: "Mein Onkel brachte mir auch bei, wie ich mich kleiden sollte. Seitdem liebe ich Klamotten aus Samt und Seide", verriet er in einem Interview. "Mein ganzer Lebensstil wurde so durch meinen Onkel geprägt."

Seine Freunde ahnten davon damals allerdings nichts, denn er verhielt sich eher verschlossen. Einige wenige fanden Kontakt zu ihm. Einer davon war Tim Staffel. Ihm fiel Freddie in erster Linie durch seine phantasievollen Zeichnungen auf sowie durch seine Schwärmerei für Jimi Hendrix. Tim erinnert sich, daß Freddie an der Kunsthochschule häufig einen Pinsel wie ein Mikrofon vor seinen Mund hielt und die Posen von Jimi Hendrix nachahmte.

"Obwohl Freddie nie viel Geld hatte", erinnert sich Tim, "war er immer gut gekleidet, und sein Stil unterschied sich sehr von dem der üblichen Klamotten. Er trug am liebsten eine dunkelgraue Jacke, ein Hemd mit einem schmalen Kragen und eine dünne Krawatte - dabei war das damals absolut unmodern. Die meisten trugen Jeans und bunte Hippiegewänder. Aber Freddie sah immer wie aus dem Ei gepellt aus. Auch bei ihm zu Hause war es sehr ordentlich. Seine Eltern und seine Schwester waren wie er: still und nicht besonders kontaktfreudig. Hin und wieder besuchte ich Freddie zu Hause, doch meistens sprach ich kaum mehr als drei Worte mit seinen Eltern."

Freddies Vorliebe für Samt und Seide wurde später noch für die ganze Band von Bedeutung: "Als ich bei 'Smile' einstieg", berichtete Freddie, "überzeugte ich Brian und Roger erst einmal, daß es notwendig sei, auf der Bühne auch Show zu machen. Wir konnten nicht wie Wachsfiguren herumstehen und die Fans langweilen. Als nächstes war es notwendig, etwas für die Bühnengarderobe zu tun. Da hatten wir natürlich durch unseren Laden freie Auswahl. Meist wählten wir Sachen aus Samt und Seide. Das waren meine liebsten Stoffe, und außerdem machten sie sich auf der Bühne am besten. Wenn wir nichts fanden, setzte ich mich hin und schneiderte etwas. Das machte mir Spaß. Ich glaube, wenn ich es als Musiker nicht geschafft hätte, wäre ich Modeschöpfer geworden." Man kann wirklich behaupten, daß der Rockgeschichte eine Legende wie Freddie Mercury verloren gegangen wäre, hätte er sich mit Nadel und Faden in ein stilles Kämmerlein begeben.

Neben Brian Mays Gitarrensound aus seiner selbstgebauten Gitarre, auf der er heute noch spielt, macht vor allem Freddies ausgeprägte Stimme den unverkennbaren QUEEN-Sound aus. Außerdem schrieb Freddie viele der echten QUEEN-Klassiker wie "Bohemian Rhapsody", "We Are The Champions", "Crazy Little Thing Called Love" und "Killer Queen". Auch solo bewies der Meister ein paarmal sein Können. Im Frühjahr 1985 erschien die LP "Mr. Bad Guy", eine Platte, die er seinen Katzen Tom, Jerry, Oscar und Tiffany, sowie allen Katzenfans auf der Welt widmete. Neben seinen Katzen gehört seine große Leidenschaft dem klassischen Ballett, der Oper und Japan. Das Privatleben der QUEEN-Männer ist so gut wie unbekannt geblieben. Einem Reporter gelang es herauszufinden, wie Freddie in seinen eigenen vier Wänden eingerichtet ist. Seine Liebe zu Japan ist auf den ersten Blick zu erkennen:

Sämtliche Teppiche, Tische, Stühle, Schränke, Bilder, sogar den Flügel und das Geschirr hat er dort gekauft. "Der Lebensstil, die Mode, die Ansichten der Leute - all das fasziniert mich so, daß ich in meinem Haus diese Atmosphäre ebenfalls herstellen möchte", sagt Freddie. Vielleicht prägt die Präzision in der japanischen Kunst sogar ein wenig sein eigenes Leben. Obwohl Freddie der geborene Bühnentyp und Schauspieler ist, nimmt er fleißig und ehrgeizig Ballettunterricht, um jede einzelne seiner Bewegungen kontrolliert bringen zu können.

Dem Zufall überläßt er nichts, er ist Perfektionist. Genauso arbeitet er im Studio. Immer und immer wieder kann er sich die gleiche Stelle anhören, um dann doch noch einen kleinen Soundeffekt hinzuzumischen.

Brian Harold May

Brian Harold May wurde am 19. Juli 1947 im "Gloucester House", einem Hospital in Hampton in der Nähe von London, geboren. Dort besuchte er die Grundschule in der Hanworth Road und wechselte später auf die "Hampton Grammar School". Diese Schule hat einen sehr guten Ruf; wer sie entsprechend absolviert, hat seine Karriere eigentlich schon in der Tasche. Brian schaffte es, dadurch bekam er kurz darauf einen Studienplatz am "Imperial College" im Londoner Stadtteil Kensington. Er schrieb sich für Physik und Mathematik ein. In diesen Fächern machte er auch das Examen. Sein Berufsziel war Astrophysiker.

Als er mit QUEEN die erste Platte aufnahm, schrieb er noch an seiner Doktorarbeit, die fast fertiggestellt war. Beim Beginn der Arbeiten an der zweiten LP, brach er seine Doktorarbeit dann ab.

Als Brian sieben Jahre alt war, bekam er seine erste Gitarre. Beeinflußt durch Musiker wie Lonnie Donegan, The Shadows, The Ventures und Buddy Holly begann er im Alter von fünfzehn Jahren in diversen Schülerbands zu spielen. Die meisten dieser Bands schafften den Sprung vom Übungskeller auf die Bühne nicht.

"Keine dieser Bands wurde irgendwie bekannt, denn wir hatten niemals Auftritte, und so richtig ernst haben wir die Sache eigentlich auch nicht genommen", erinnert sich Brian.

Seine erste eigene Band gründete er, als er noch zur Hampton Grammar School ging. Er nannte sie "1984" - nach dem weltbekannten Science-Fiction-Roman von George Orwell.

In dieser Zeit hatte sein Vater Harold zwei wichtige Aufgaben: Er war der erste Roadie der Gruppe.

"Ich fuhr die Jungs immer in meinem Wagen zu Auftritten. Solange Brian wegen der Musik die Schule nicht vernachlässigte, hatte ich auch nichts dagegen. Wenn ich ihm aus Angst, er könne in der Schule schlechter werden oder versagen, die Musik verboten hätte, wäre nichts gewonnen gewesen", erzählt der Vater.

Und dann kam die zweite Aufgabe: Brian wünschte sich seine erste elektrische Gitarre. Sein Vater, ein Elektroingenieur, kaufte ihm allerdings keine, sondern entschloß sich, gemeinsam mit seinem Sohn eine zu bauen. Beide, Vater und Sohn, konnten gut mit Holz und Metall umgehen.

Die Wahl des Materials war wirklich seltsam, aber das Resultat einmalig: der Corpus der Gitarre ist aus Mahagoniholz geschnitzt, das aus der Umrandung eines 200-Jahre-alten Kamins stammt. Und für die Federung des Tremolos wurden Teile aus einem alten Motorrad wiederverwertet.

Natürlich baute ihm sein Vater auch noch alle möglichen Soundeffekte ein, denn als Elektronikfachmann war das für ihn eine Leichtigkeit. Tatsache ist jedenfalls, daß diese "Fireplace"-Gitarre ganze 8 Pfund gekostet hat, und es ist das Instrument, das den QUEEN-typischen Klang ausmacht.

Brian spielt sie bis heute auf allen Queen-Platten und auf der Bühne. Niemand hat es bis jetzt geschafft, diesen Klang zu kopieren. Brian gab einer Firma sogar die Genehmigung, einen Nachbau seiner Gitarre anzufertigen. Keines dieser neuen Exemplare waren allerdings Brians Eigenbau hundertprozentig ähnlich.

Während dieser Zeit spielte Brian also mit "1984" und trat hin und wieder in kleineren Clubs auf. "Gage bekamen wir so gut wie gar keine. Darauf hatten wir es auch nicht abgesehen. Wir freuten uns schon, wenn wir überhaupt auf der Bühne stehen konnten", meint Brian.

In dieser Band spielte auch der Bassist Tim Staffel mit. Inspiriert durch die Beach Boys-LP "Smily Smile", tauften sie ihre Band in "Smile" um. Sie glaubten, daß dieser Name besser zu ihrer Musik passen würde. Vorher produzierten sie eher elektronische Klänge, mit "Smile" allerdings war Heavy-Rock angesagt. Dies war auch die Zeit, wo Bands wie "Cream" und Sänger wie Jimi Hendrix ihre ersten Erfolge feierten. Genau wie Freddie war auch Brian ein großer Verehrer des eben erwähnten Gitarren-Heroes.

Neben der Musik setzte Brian sein Studium fort. In den Semesterferien verdiente er sich Geld, indem er in Fabriken arbeitete oder aushilfsweise Kinder an einer Schule im Londoner Stadtteil Brixton unterrichtete. Das Geld investierte er dann in neue Verstärker. Er entschied sich dafür, Musik und Studium gleichermaßen zu betreiben und "Smile" zu vergrößern.

Kurz darauf war Roger Taylor der dritte Mann in der Band. "Wir fanden ihn, nachdem ich am Schwarzen Brett des "Imperial Colleges" einen Zettel angebracht hatte. Roger meldete sich. Wir hörten ihn uns an und behielten ihn. Einen besseren Schlagzeuger konnten wir nicht finden - darin war ich mir mit Tim Staffel einig", sagt Brian.

Und so zählte das Trio "Smile" bald zu Londons bekannten Amateurgruppen: Brian an der Gitarre, Tim sang und zupfte den Baß, und Roger saß am Schlagzeug.

Roger Taylor

Roger Taylor wurde am 26. Juli 1949 im "Kings Lynn-Hospital" in Norfolk geboren. Als er acht Jahre alt war, zogen er und seine Familie nach Truro, einem Ort in Cornwall, im Süden Englands. Dort ging er zur "Truro Cathedral School" und sang im Kirchenchor. Mit elf Jahren wurde er in die Public School umgeschult. "Seitdem haßte ich alles, was mit Schule zu tun hatte. Es machte mir einfach keinen Spaß mehr", erinnert sich Roger.

Musikalisch gesehen hatte er eher eine frustrierende Jugend, denn seine Eltern billigten dieses Interesse nicht. Doch Roger setzte sich durch und spielte in diversen Schülerbands, erst als Gitarrist, später als Drummer. In dieser Zeit versuchte er, die Schule hinter sich zu bringen, schaffte letztlich sein Examen und ging nach London, um zu studieren. Er schrieb sich am "London Hospital Medical College" im Stadtteil Whitechapel ein, weil er Zahnarzt werden wollte.

Schon ein Jahr später war ihm klar, daß er genug Zähne in seinem Leben gesehen hatte und wechselte das College. Er studierte daraufhin Biologie am "North London Polytechnikum".

Kurz darauf bekam er einen ersten Kontakt zu "Smile". Das "North London Polytechnikum" war dem "Imperial College", an dem Brian May studierte, angeschlossen. Und so fand Roger eines Tages Brians Zettel am Schwarzen Brett, auf dem ein Schlagzeuger gesucht wurde. Er spielte vor und wurde genommen.

Die drei traten zwar hin und wieder auf, da sie aber keinen Manager hatten, mußten sie alle Auftritte selbst organisieren. Natürlich war das nicht ganz einfach, und eine richtig große Chance als Musiker sahen sie eigentlich nicht. Sie konzentrierten sich wieder mehr auf ihr Studium, bis sie eines Tages an einem Nachwuchswettbewerb teilnahmen, um wieder mal ihr Glück zu versuchen. Und sie hatten Glück:

"Smile" gewann den ersten Preis. Leider war dies kein Plattenvertrag, sondern ein Tonband. Weitaus mehr Glück hatte wohl an diesem Tag Tim Staffel, er verliebte sich in ein Mädchen, das sich auch in ihn verliebte. Allerdings hatte der Nachwuchswettbewerb noch eine gute Seite. Es befanden sich Talentsucher von Plattenfirmen im Publikum.

Eine Firma namens "Mercury" bot ihnen tatsächlich einen Vertrag an, allerdings nur für eine Plattenaufnahme. Leider war diese Firma nur ein amerikanisches Label und hatte in England lediglich einen Vertrieb, aber keine eigene Vertretung. Also wirklich kein Ideal-Vertrag, aber sie unterschrieben trotzdem sofort und wurden bald darauf mit John Anthony ins Studio geschickt.

Das Ergebnis waren die Single "Earth" und die Mini-LP "Gettin' Smile", die nur in Japan erschien. "Earth" verkaufte sich so gut wie überhaupt nicht. Schnell trennte sich das Label wieder von der Band.

Vielleicht war das auch der Grund, warum sich Tim Staffel von der Band trennen wollte. Er sah für "Smile" keine Zukunft mehr und bekam außerdem ein anderes Angebot bei "Humpy Bong". "Wir sollten uns trennen und auf verschiedenen Wegen unser Glück versuchen. So wie bisher kommt doch nichts dabei heraus. Da tingeln wir noch in zwanzig Jahren als unbekannte Amateurband durch London," begründete Tim damals seinen Entschluß.

Bevor er endgültig ging, vermittelte er Brian und Roger noch einen Sänger - Freddie Mercury, einen Freund aus der Kunsthochschule. Die Entscheidung, daß die drei nun zusammmen weitermachen wollten, fiel im Trödelladen von Freddie und Roger.

"Smile" wurden in QUEEN umgetauft. Immer deutlicher wurde den drei Musikern, daß sie ihren Heavy-Sound schlecht ohne vierten Mann spielen können. In einer Londoner Diskothek entdeckten Roger, Brian und Freddie einen Bassisten.

"Er lag musikalisch total auf unserer Linie, war jedoch an die Band gebunden, mit der er auftrat, aber genau so einen Mann suchten wir.

Ich gab eine Anzeige in einer englischen Musikzeitung auf. Es meldeten sich ein paar Leute und zu unserer größten Überraschung auch der Bassist aus der Diskothek. Da war für uns die Sache klar - er bekam den Job. Es war John Deacon" erzählt Roger Taylor.

John Deacon

John Deacon wurde am 19. August 1951 im Privathospital "St. Francis" in Leicester geboren. Damit ist er mit Abstand der jüngste der Queen-Musiker. Zuerst besuchte er die "Oadby Infant School", dann die "Gartee High School" und wechselte später auf die "Beauchamp Grammer School", wo er auch sein Examen machte. Erst als er die Schulzeit und die Gastspiele in diversen lokalen Schülerbands hinter sich hatte, zog er nach London.

"Ich wollte in London studieren und bekam einen Platz am 'Chelsea College'. Dort schrieb ich mich für die Fächer Elektronik und Physik ein", erinnert sich John. Seinen Abschluß legte er, sechs Monate nachdem er zu QUEEN gestoßen war, mit Bravour ab.

John war vierzehn Jahre alt, als er begann, die Musik wirklich ernst zu nehmen. Er entschied sich für den Baß als Instrument. In dieser Zeit gründete er seine erste eigene Band namens "The Art Opposition". Zusammen mit seinen Freunden tingelte er durch Clubs und Freizeitheime. Als er jedoch nach London ging, um zu studieren, ließ er seinen heißgeliebten Baß und seinen Verstärker bei seiner Mutter zurück. Er wollte sein Studium so schnell wie möglich hinter sich bringen, um nicht zu lange von seiner Mutter finanziell abhängig sein zu müssen. Sein Vater war schon gestorben, als John noch klein war. Nach seinem ersten Examen hatte John Glück. Er bekam einen Job als Teilzeitlehrer an einer Grundschule, und so konnte er seine finanzielle Situation aufbessern. "Das war auch der Zeitpunkt, wo ich wieder daran dachte, in einer Band zu spielen", erzählt John.

Brian, Roger und Freddie suchten unter dem Namen QUEEN damals schon einen vierten Mann für ihre Formation. Sie sahen und hörten John damals in einer Diskothek und waren begeistert, wußten aber auch, daß er seiner Band gegenüber verpflichtet war und gaben deshalb eine Anzeige in einer englischen Musikzeitschrift auf. Und siehe da, es meldete sich John Deacon. Er wurde sofort genommen. Februar 1971 stieg er bei QUEEN ein. "Ich war wahrscheinlich wirklich der einzige in der Gruppe, der sich die Sache mit Abstand ansehen konnte. Schließlich kam ich als vierte Person zur Band. Ich wußte, die Gruppe hatte irgendetwas Besonderes, aber ich war nicht wirklich davon überzeugt... bis etwa zum 'Sheer Heart Attack Album'" sagt John.

20 Jahre Queen - Eine Chronik

1970

QUEEN gibt es tatsächlich seit 1970, wenn man genau sein will. Allerdings nicht in der Besetzung, in der die Band seit nunmehr zwanzig Jahren bekannt und berühmt ist. Im November und Dezember 1970 hat das Trio Mercury/Taylor/May zwei Auftritte. Einen am 14. November im "Ballspark College" in Hertford und den anderen am 5. Dezember im "Shoreditch College" in Engham.

Tim Staffel hat die Band damals gerade verlassen und Freddie Mercury tritt ein. Die anderen Bandmitglieder sind Roger Taylor und Brian May. Gemeinsam sind sie auf der Suche nach dem vierten Mann, einem Bassisten.

1971

Im Februar 1971 ist es dann soweit. John Deacon steigt bei QUEEN ein. QUEEN sind komplett. Zwar sind sie nun endlich in ihrer gewünschten Besetzung, aber was nun fehlt, ist ein Manager und ein Plattenvertrag. Denn schließlich sind sie immer noch eine reine Amateurband, die nach ihren Auftritten außer ihren Instrumenten nichts mit nach Hause nimmt.

Von Gage kann nicht die Rede sein. Sie nutzen Taylors Kontakte und treten in einigen Colleges auf. Ihr erster gemeinsamer Auftritt zu viert unter dem Namen QUEEN ist im "College of Estate Management" in London. Der Bandname stammt von Freddie:

"Vor ein paar Jahren fiel mir der Name QUEEN ein...eigentlich ein Name wie jeder andere, aber offensichtlich königlich, und er hört sich einfach gut an. Es ist ein kraftvoller Name, einzigartig und direkt. Man kann sich vieles darunter vorstellen und alles hineininterpretieren. Es ist mir bewußt, daß dieses Wort natürlich auch - genau wie das Wort "gay" - das Schwulsein benennt, aber schließlich ist das auch nur eine Bedeutung von vielen", sagt er.

Von der Musikpresse wird dieser Zusammenhang in den folgenden Jahren genußvoll und gierig aufgegriffen. Und der deutsche "Musik Express/Sounds" stellt die Frage ganz direkt: "Schwul oder nicht schwul?"

Ohne Umschweife gibt Freddie Mercury eine spektakuläre Antwort: "Ich vögele wen und wann ich will." Also bleibt auch danach alles nur Spekulation. Denn schließlich weiß man auch von Freddies langjähriger Freundin Mary Austin und dem Techtelmechtel mit Barbara Valentin, der er auf seiner Solo-LP "Mr. Bad Guy" einen ganz besonderen Dank ausspricht: "Special Thanks to Barbara Valentin for big tits and misconduct!" Alles bleibt wie es ist - unklar und unwichtig.

Leben können sie zu diesem Zeitpunkt von ihrer Musik nicht, und so geht das Leben der vier in diesem Jahr weiter wie bisher. Brian May arbeitet an seiner Doktorarbeit, John Deacon studiert ebenfalls und verdient sich nebenbei etwas Geld, indem er als Aushilfslehrer unterrichtet. Roger Taylor studiert mittlerweile Biologie und führt parallel dazu, gemeinsam mit Freddie Mercury, der für Kunst und Design immatrikuliert ist, einen Klamotten-Laden im "Kensington Market".

1972

Den ersten Schritt in Richtung Öffentlichkeit machen QUEEN zu Beginn des Jahres 1972. Ein Freund hat sich ein eigenes Tonstudio gebaut. Es heißt "De Lane Lea Studio". "Er bat uns eines Tages, ihm einen Gefallen zu tun. Er hatte sich ein paar neue Tonbandmaschinen und ein neues Mischpult zugelegt und wollte die Sachen erst testen, bevor er das Studio an fremde Leute vermietete. Wir sollten ein paar Songs aufnehmen, damit er sich an die Geräte gewöhnen konnte", erzählt Brian.

"Wir taten ihm natürlich den Gefallen. Schließlich war es auch für uns eine Chance. So konnten wir uns an die Atmosphäre eines Aufnahmestudios gewöhnen, hatten dann ein paar Demos, mit denen wir uns bei Plattenfirmen um einen Vertrag bewerben konnten, und wir hörten einmal, was wir für einen Sound hatten, denn auf der Bühne oder im Übungsraum ist eine Kontrolle ja doch nicht so möglich."

Also stellen sich die vier voller Hoffnung mit den neuen Demos bei diversen Plattenfirmen vor. Das Interesse ist allerdings gleich Null. Auch EMI lehnt ab, obwohl der Song "The Night Comes Down", der später auf ihrem ersten Album erscheinen wird, eine Demo-Aufnahme aus dem De Lane Lea Studio ist. Gleichzeitig arbeiten QUEEN im De Lane Lea Studio an immer neuen Aufnahmen, um sie bei einem Showcase zu spielen.

Dieses Showcase soll eine Art Werbeveranstaltung für zukünftige Studiokunden werden. Am Tag der De Lane Lea/QUEEN-Veranstaltung kommen zahlreiche Leute, um sich das neue Studio anzuschauen. Unter ihnen befinden sich auch Roy Thomas Baker und John Anthony. Beide sind für "Trident" als eine Art Talentsucher unterwegs. Trident hatte einst selbst mit einem Studio begonnen und ist zu diesem Zeitpunkt ein Musikverlag.

John Anthony kannte Roger und Brian schon, als sie sich noch "Smile" nannten, denn damals produzierte er ihre erste und einzige Single. Als Baker und Anthony QUEEN an diesem Abend hören, ist ihnen zumindest eines klar: das ist die Band, die sie brauchen.

Jahre zuvor hatte Trident noch "Deep Purple" abgelehnt, weil sie noch nicht genug Geld hatten, um in eine neue Band zu investieren. Jetzt aber war der Zeitpunkt gekommen, wo man bei Trident flüssiger war. Barry und Norman Sheffield, die Inhaber von Trident, lassen sich ebenfalls schnell von Baker und Anthony überzeugen; die ersten Gespräche zwischen Firma und Band beginnen.

Ein Vertrag besteht zu diesem Zeitpunkt noch nicht, trotzdem beginnt Trident der Gruppe Geld zu leihen. "Es waren Vorschüsse, die auf die erwarteten Tantiemen angerechnet werden sollten", berichtet Norman Sheffield. Neue Instrumente werden angeschafft, Geld in Modeschöpfer und Schneider investiert. Denn Trident will die Band in jedem Fall einmal live sehen.

Also organisiert Baker einen Showcase-Gig am 6. November im "Pheasantry-Club" in der Kings Road. Noch im gleichen Monat unterschreiben QUEEN einen dreiteiligen Vertrag, der Produktion, Management und Komposition umfaßt. Nun sind sie total an Trident gebunden.

Jeder Musiker bekommt pro Woche etwa 150 Mark zum Leben. Nicht viel, aber mehr, als sie jemals zu hoffen gewagt hatten. Jetzt können sie endlich bequem ihre Wohnungsmieten bezahlen, müssen nicht mehr unbedingt jobben und können hin und wieder ohne schlechtes Gewissen in einem Restaurant essen gehen.

1973:

QUEEN nehmen ihr erstes Album in den Trident-Studios auf. Als Produzenten stehen ihnen Baker und Anthony zur Seite. Allerdings müssen sie sich an äußerst merkwürdige Studiozeiten halten. Sie dürfen das Studio nur in der sogenannten "Deadtime" benutzen. Das ist immer dann, wenn andere Bands es nicht benötigen...

Am 9. April 1973 geben QUEEN ihr erstes, von Trident - übrigens ein EMI-Label - organisiertes, öffentliches Konzert. Es findet im legendären Londoner "Marquee Club" statt. Alles ist bestens vorbereitet. Die wichtigen Leute von Zeitungen, Rundfunk und Fernsehen sind eingeladen. Auch das Ambiente stimmt: zu essen und zu trinken gibt es in Hülle und Fülle. Die Medienvertreter sollen einen bleibenden Eindruck mit nach Hause nehmen. Doch so schnell wie erwartet reagiert die Presse nicht.

Daraufhin wird erstmal eine Single von Freddie Mercury, Brian May und Roger Taylor veröffentlicht, die sie kurz zuvor unter dem Namen "Larry Lurex" aufgenommen hatten. Der Titel: "I Can Hear Music". Da es sich dabei nur um eine Cover-Version eines Beach Boys-Hits handelt, folgen auch darauf keine positiven Reaktionen, die Platte wird kaum zur Kenntnis genommen. Erst am 6.Juli kommt der Stein ins Rollen, als EMI die erste QUEEN-Single "Keep Yourself Alive" veröffentlicht und gleichzeitig eine riesige Promotionaktion startet: Zeitungsanzeigen werden geschaltet, Interviews und Reportagen gedruckt und ein Fanclub wird gegründet. Außerdem wird ein Pressemanager eingestellt. Sein Name: Tony Brainsby. Er ist Journalist und war früher bereits bei Brian Epstein angestellt, um die Pressearbeit für die Beatles zu machen.

Am 13.Juli erscheint dann auch das erste Album mit dem Namen "Queen". Es hält sich siebzehn Wochen in den Charts und bekommt später die Goldauszeichnung.

Plötzlich schreiben sich die Journalisten die Finger wund. QUEEN sind in England das Thema Nr.1. In Deutschland spricht man von "Kontrast-Phonetik" und ist sich sicher: "Queen ist typische britische Importware der besten Güteklasse ...". Sogar im fernen Amerika widmet der "Melody Maker" am 28. Juli der neuen Formation eine viertel Seite und fragt: "Queen's Freddie Mercury: Britain's New York Dolls?"

Die New York Dolls stammen, wie der Name schon sagt, aus New York. Die fünfköpfige Band macht etwa seit 1972 von sich reden, weil sie, so heißt es in der "New York Times", "mit genug Geschmeide, hochhackigen Schuhen, Schminke, Federn, Hakenkreuzen und Leder auf die Bühne kommen, um einen ganzen Schrank voll abartiger Phantasien zu beflügeln."

Mit ihrer Musik und ihrem Sänger, der die Mimik von Mick Jagger zu imitieren versucht (was Freddie Mercury ebenfalls nachgesagt wird) werden sie schnell die "neuen Lieblinge des New Yorker-Undergrounds", weiß der "Rolling Stone".

"Es war schon komisch, die Leute plötzlich über uns reden zu hören, obwohl sie doch kaum etwas von uns kannten. Seit Jahren hatten wir uns vergeblich bemüht, nach oben zu kommen, und jetzt klappte alles von selbst. Uns wurde dabei richtig angst. Manchmal dachte ich zu träumen und fürchtete aufzuwachen und alles um mich herum einstürzen zu sehen", meint Brian.

Diese Angst ist es wohl auch, die alle vier mahnt, weiterhin das College zu besuchen und ihr "normales" Leben weiterzuführen. Im Sommer '73 beginnt allerdings schon wieder die Arbeit an der zweiten LP. Brian hört kurz vor Beendigung seiner Doktorarbeit mit dem Studium auf und widmet sich ab jetzt nur noch der Musik.

Dank dem Auftritt im "Marquee Club" bekommen QUEEN ein großartiges Live-Angebot. Sie sollen als Vorband mit der Gruppe "Mott The Hoople" durch England touren. Damit auf ihrer ersten Tour nichts schiefgehen kann, mietet Trident eine eigene Lichtshow und eine Anlage. "Vor jedem Auftritt zitterten wir vor Lampenfieber. Wir traten auf großen Bühnen in den größten Hallen auf. Manchmal kamen wir uns vor, als sollten wir in einem Schwimmbad schwimmen, in dem noch kein Wasser war", meint Brian heute.

Das Publikum gerät allerdings jedesmal außer Rand und Band, und Freddie schafft es gleich vom ersten Ton an, die Fans in der Halle zum Toben zu bringen.

Auch "Mott The Hoople" gefallen QUEEN so gut, daß sie sie bitten, im nächsten Jahr auf ihrer USA-Tournee wieder als Vorband dabei zu sein. Trotz Live-Erfolg, verkaufen sich die QUEEN-LP's nicht besonders gut. Erst im nächsten Jahr soll sich daran etwas ändern.

1974

Im Frühjahr wird die erste Single aus ihrem zweiten Album veröffentlicht: "Seven Seas Of Rhye" / "See What A Fool I've Been". Zehn Wochen ist dieser Song in den englischen Charts und erreicht Platz 10. Die Single wird nicht nur in Europa, sondern auch in Amerika und Japan ein Hit.

Auch ihre zweite LP "Queen II" geht in die Charts, erreicht Platz 5 und hält sich dort ganze 29 Wochen. Zu diesem Zeitpunkt sind sie als Newcomer-Band ziemlich bekannt. Trotzdem ereignete sich, bei ihrer Rückkehr vom "Sunbury Music Festival" in Melbourne/Australien, folgende Begebenheit auf dem Londoner Flughafen:

"Als wir auf dem Londoner Flughafen Heathrow landeten, erwarteten uns etwa zwölf Fotografen - sie hielten alle ihre Kameras schußbereit, aber keiner machte ein Foto. Enttäuscht dampften sie wieder ab, als sie merkten, daß nicht die englische Königin Queen Elisabeth II. ankam, sondern 'nur' die Rockgruppe QUEEN", erinnert sich Brian.

Bevor sie in diesem Jahr mit "Mott The Hoople" auf USA-Tournee gehen, touren sie als Hauptact für vier Wochen durch England. Was Tourneegeschäft und Tourstreß wirklich bedeuten und wie hart die Anforderungen an

17

künstlerische Leistung und an die Psyche sind, bekommen sie in diesen Tagen zum ersten Mal hautnah zu spüren.

Am 16. März treten QUEEN in der "Stirling University" auf. Zunächst sieht alles nach einem ganz normalen Konzert aus, bis die Fans immer und immer wieder nach einer Zugabe verlangen. QUEEN kommen dreimal wieder auf die Bühne, bis sie total erschöpft sind und sich endgültig verabschieden. Doch da spielen die Fans nicht mit. Sie werden sauer und stürmen die Bühne.

Die Band zieht sich schnell in die Garderoben zurück, weil auf der Bühne die Anlage und die Lichtanlage zerstört werden. Menschen überrennen sich gegenseitig. Ihre Schreie hört man bis in den Backstage-Bereich. Zwei Fans werden verletzt, zwei Roadies kommen ebenfalls ins Krankenhaus. QUEEN sind so schockiert, daß sie daraufhin das Konzert am nächsten Tag absagen. Auf dieser Tour beschließen QUEEN, sich von Leibwächtern bewachen zu lassen.

Am 16. April starten QUEEN als Vorband die Amerika-Tour mit "Mott The Hoople". Doch Mitte Mai, nach fünf Nächten in New York, bekommt Brian May als erster die Folgen des Dauerstresses zu spüren und klappt zusammen. Diagnose: Gelbsucht. "Zuerst glaubte ich, es sei eine Lebensmittelvergiftung, aber dann wurde ich gelb im Gesicht, und ein Arzt, der mich untersuchte, stellte eine ansteckende Form der Gelbsucht fest. Ich mußte sofort in Quarantäne", erzählt Brian.

QUEEN brechen die Tour ab, die Gruppe Kansas springt für sie ein, und die vier fliegen nach Hause. Dort beginnen sie, an ihrem dritten Album zu arbeiten, bekommen aber bald wieder ein Problem. Brian hat ein Magengeschwür und fällt erneut aus. Als er wieder gesund ist, beginnen für ihn endlich die Studioaufnahmen für das neue Album "Sheer Heart Attack". Einige Titel wurden bereits ohne ihn vorbereitet.

Am 11. Oktober wird die erste Single aus dem neuen Album veröffentlicht: "Killer Queen" / "Flick Of The Wrist". Der Titel hält sich 11 Wochen in den Charts, erreicht Platz 2 und wird versilbert. "Killer Queen" ist ein echter Hit, und nur der Song "I'm Gonna Make You A Star" von Teenie-Idol David Essex hält den QUEEN-Song davon ab, die Nummer 1 zu werden. Die am 1. November veröffentlichte LP "Sheer Heart Attack" bleibt 40 Wochen in den Charts, erreicht ebenfalls Platz 2 und bekommt Gold.

Im Oktober gehen QUEEN wieder auf Tour durch England. Und diesmal ist es Freddie, der Probleme mit seiner Gesundheit bekommt. "Ich merkte zwar, daß es mir im Laufe der Auftritte immer schwerer fiel, besonders schwierige Töne zu treffen - aber es ging noch. Darum nahm ich die ersten Anzeichen einer Kehlkopfentzündung nicht besonders ernst", erinnert sich Freddie.

Auf dieser Tour verkauft sich das Londoner "Rainbow" bereits an zwei Tagen aus, und ein Zusatzkonzert wird gegeben. QUEEN haben mittlerweile eine feste Fangemeinde und ein schrilles Outfit, über das sich selbst Freddie Mercury wundert:

"Wenn ich heute so zurückblicke auf diese schwarzlackierten Fingernägel und den übrigen Schutzanstrich, dann denke ich, 'Oh Gott, was habe ich da gemacht?'. Ich brauchte das damals alles für die Bühne, es machte mich sicherer, ich konnte mich in gewisser Weise dahinter verstecken. Heute brauche ich es nicht mehr, ich bin ein bißchen erwachsener geworden."

Im Rahmen dieser Tour treten sie ab dem 2. Dezember für vier Tage zum ersten Mal in Deutschland auf. Premiere ist in München.

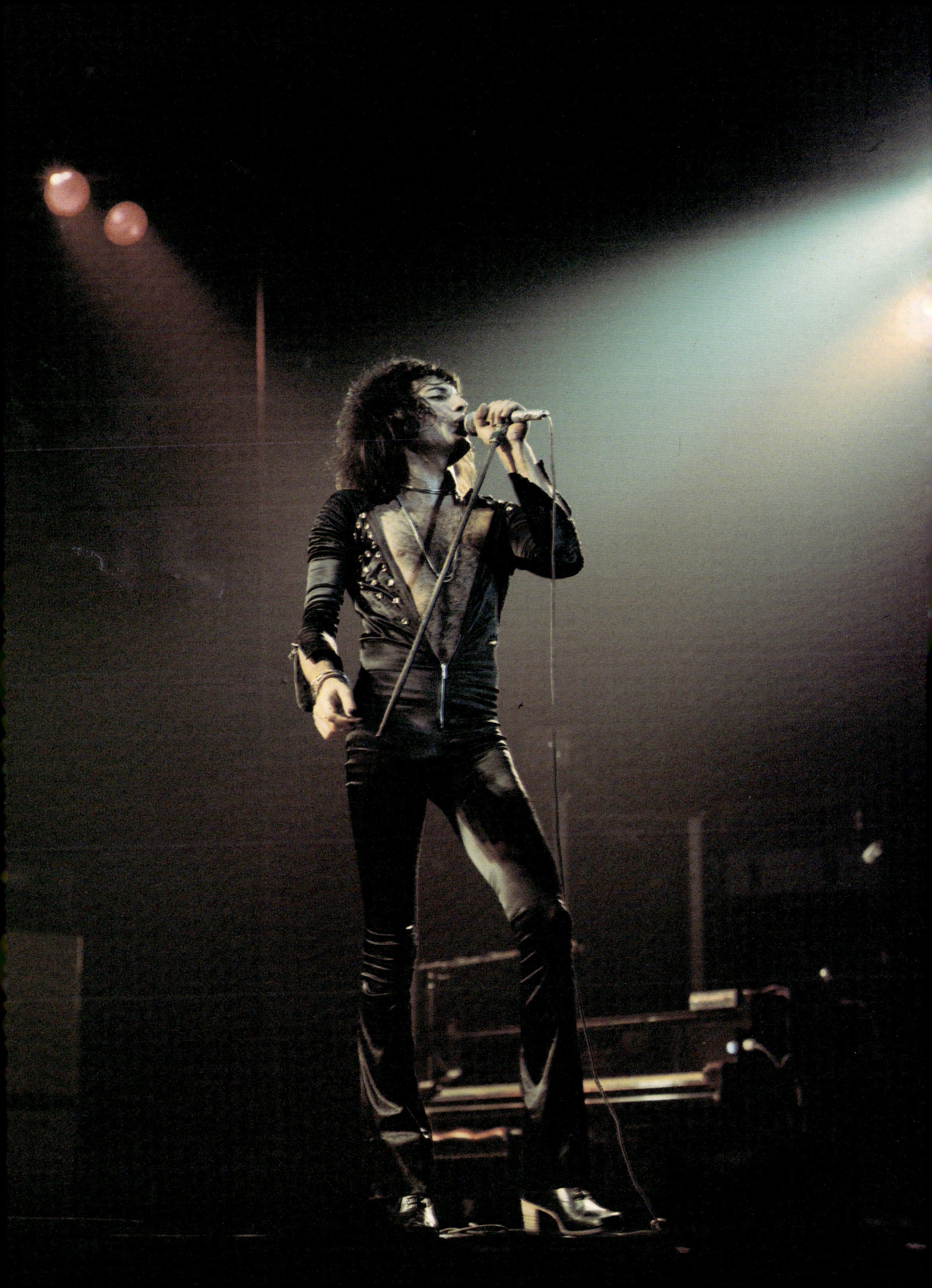

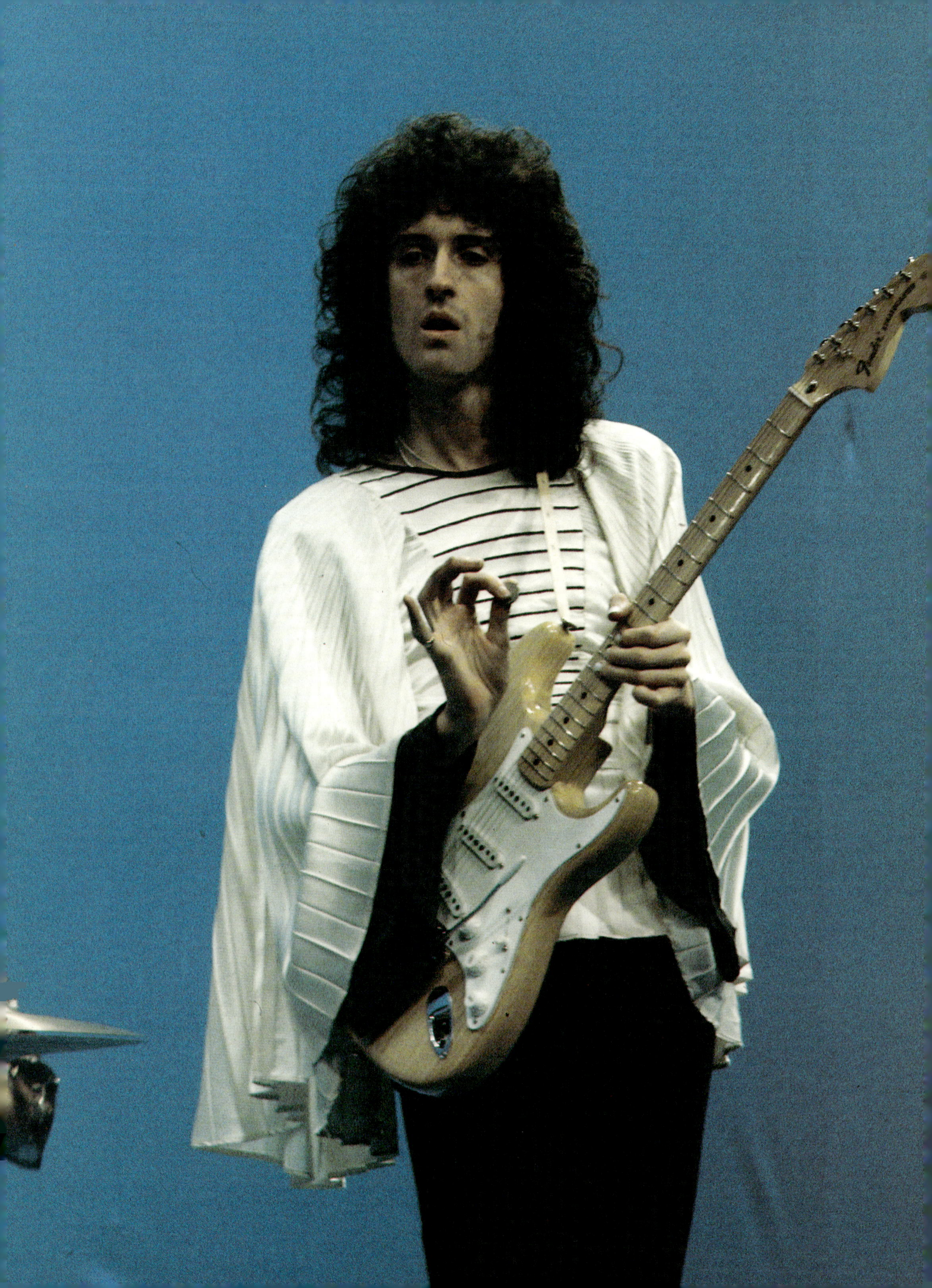

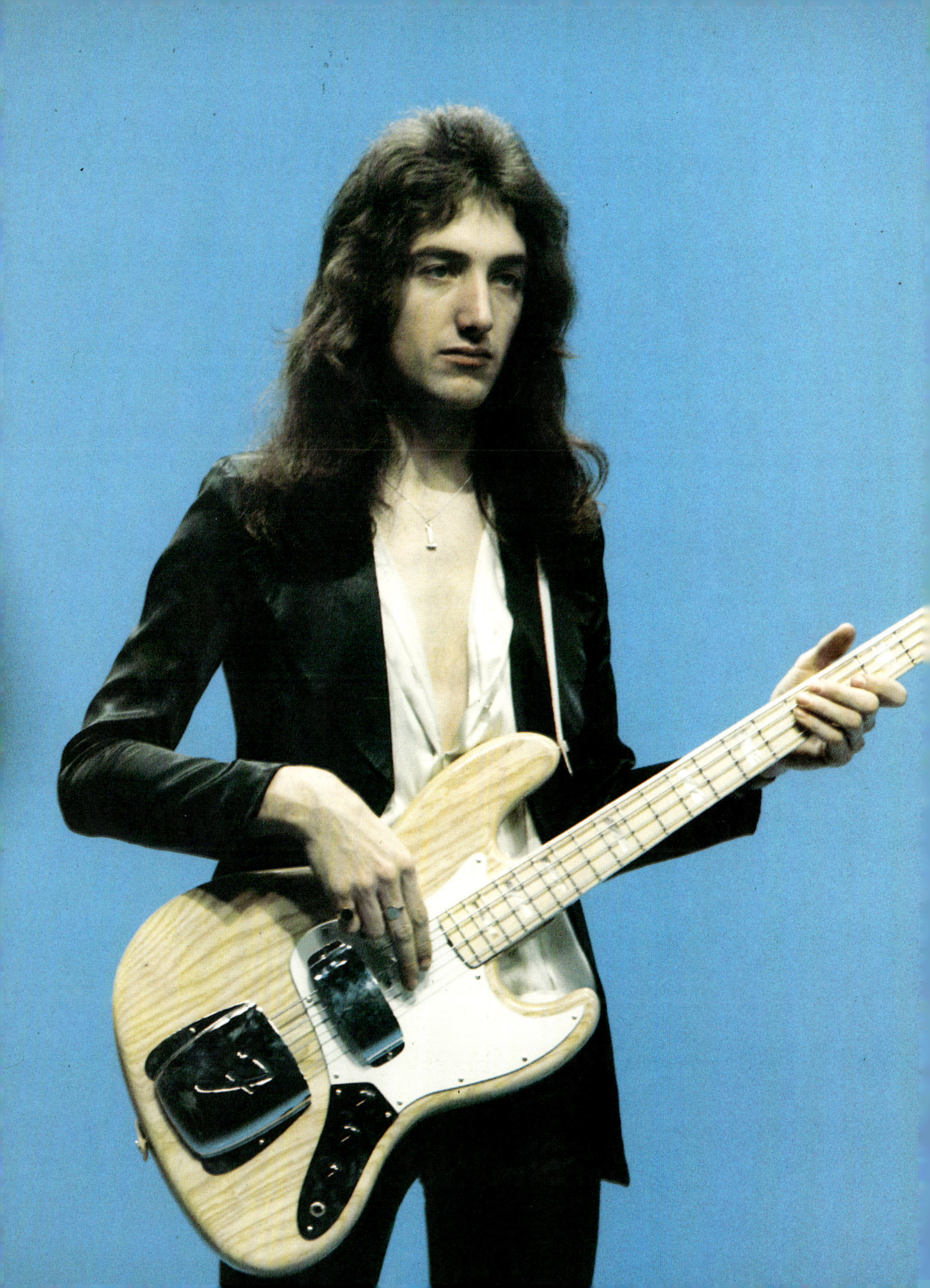

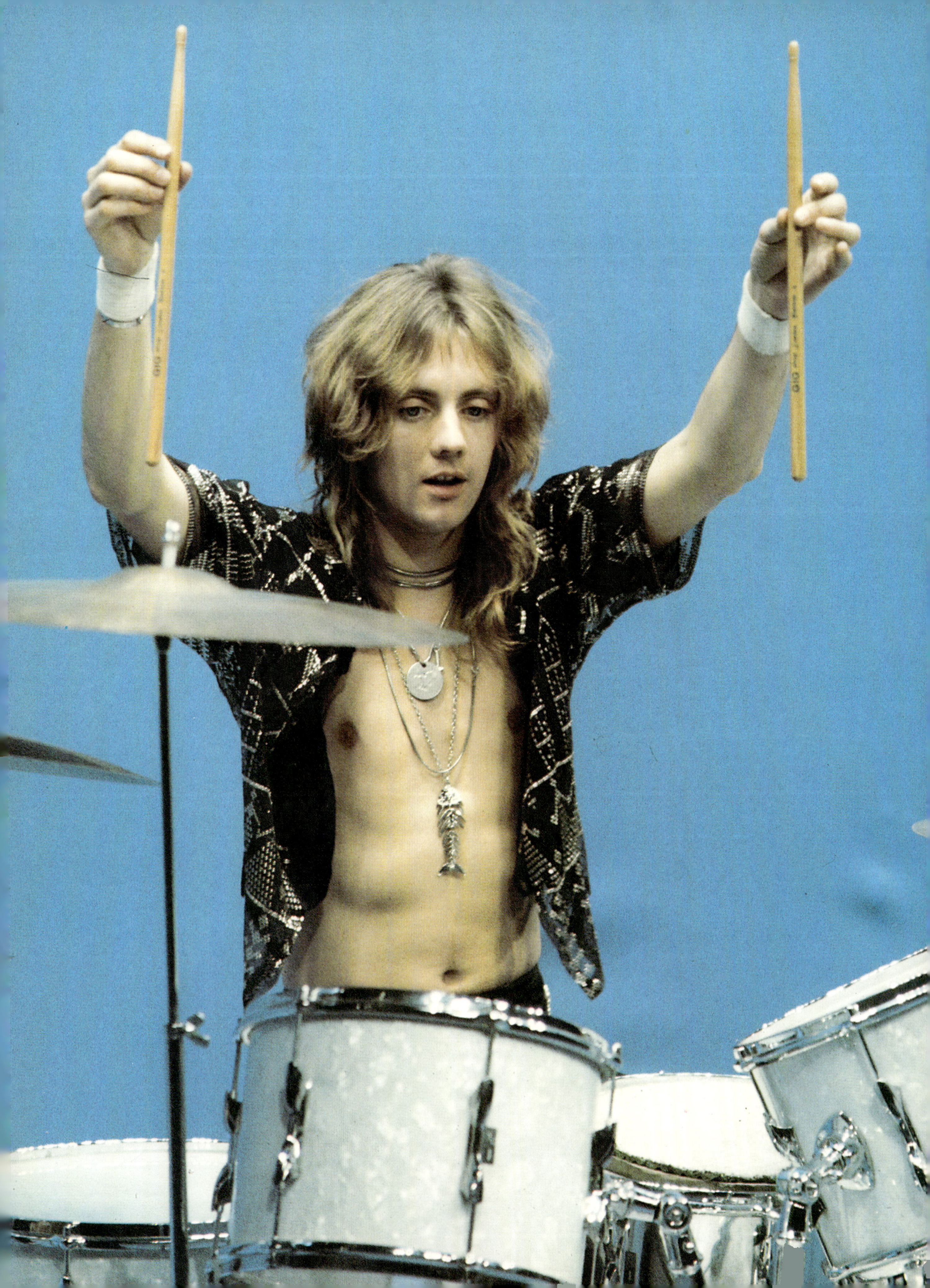

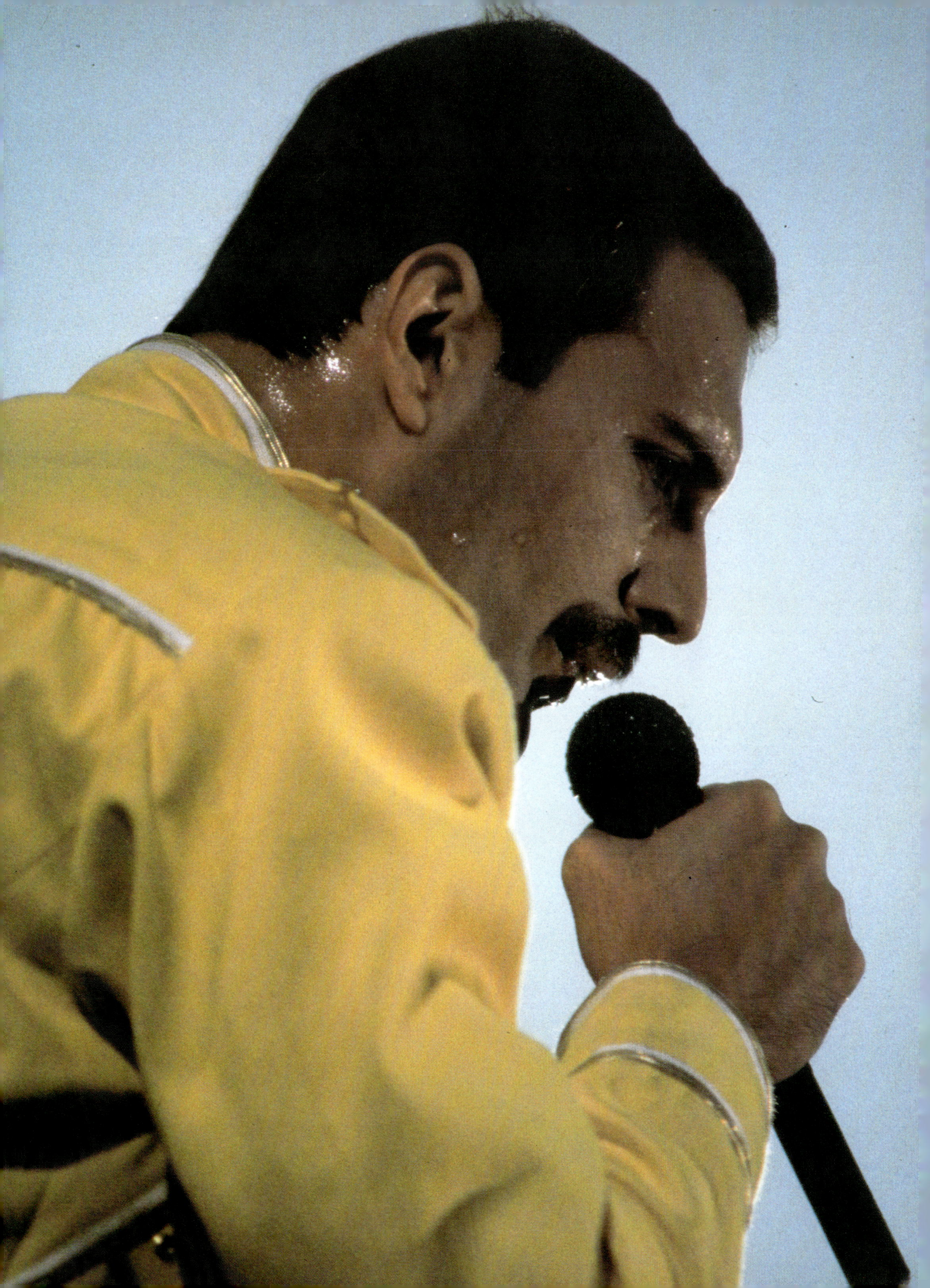

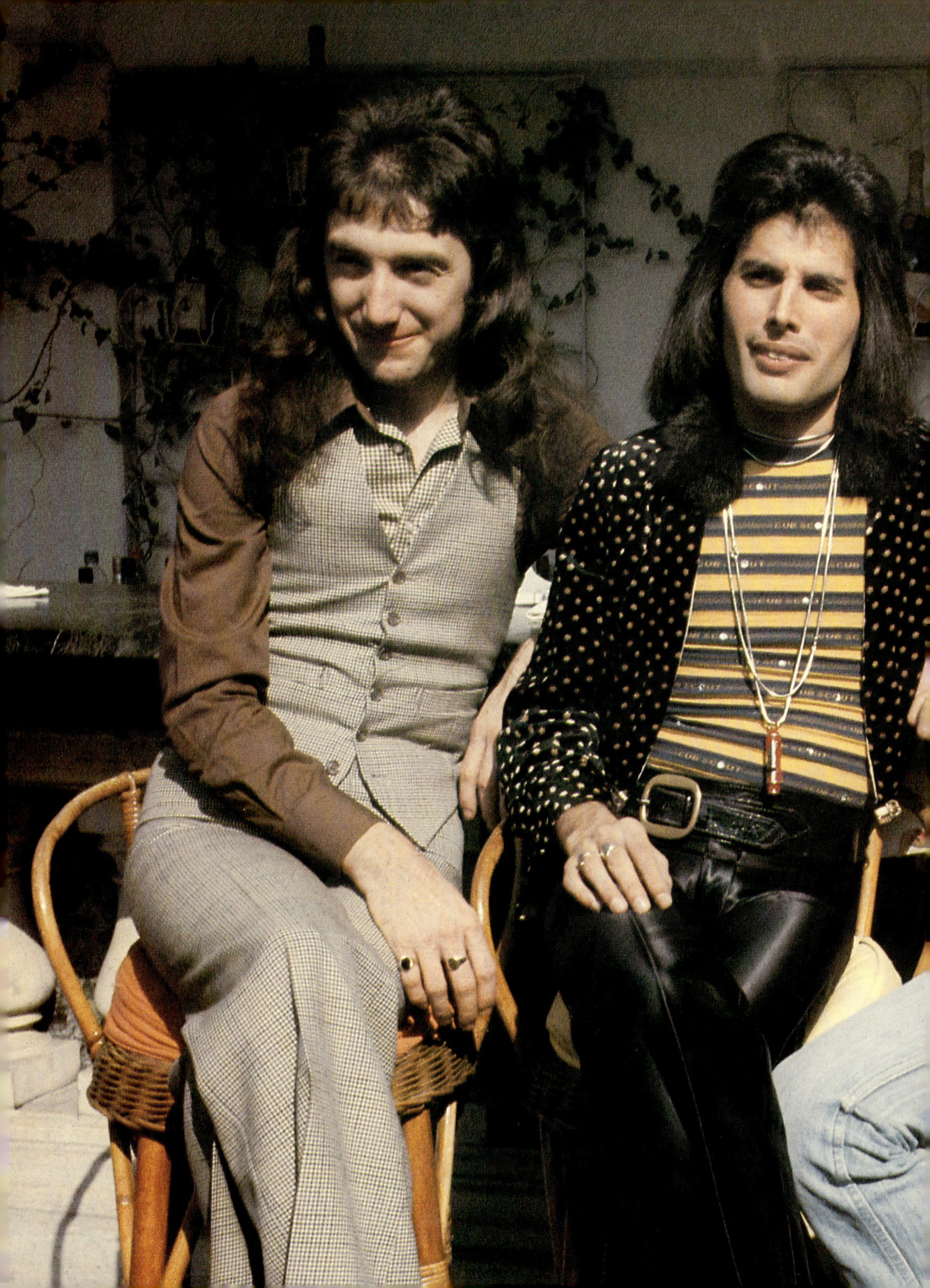

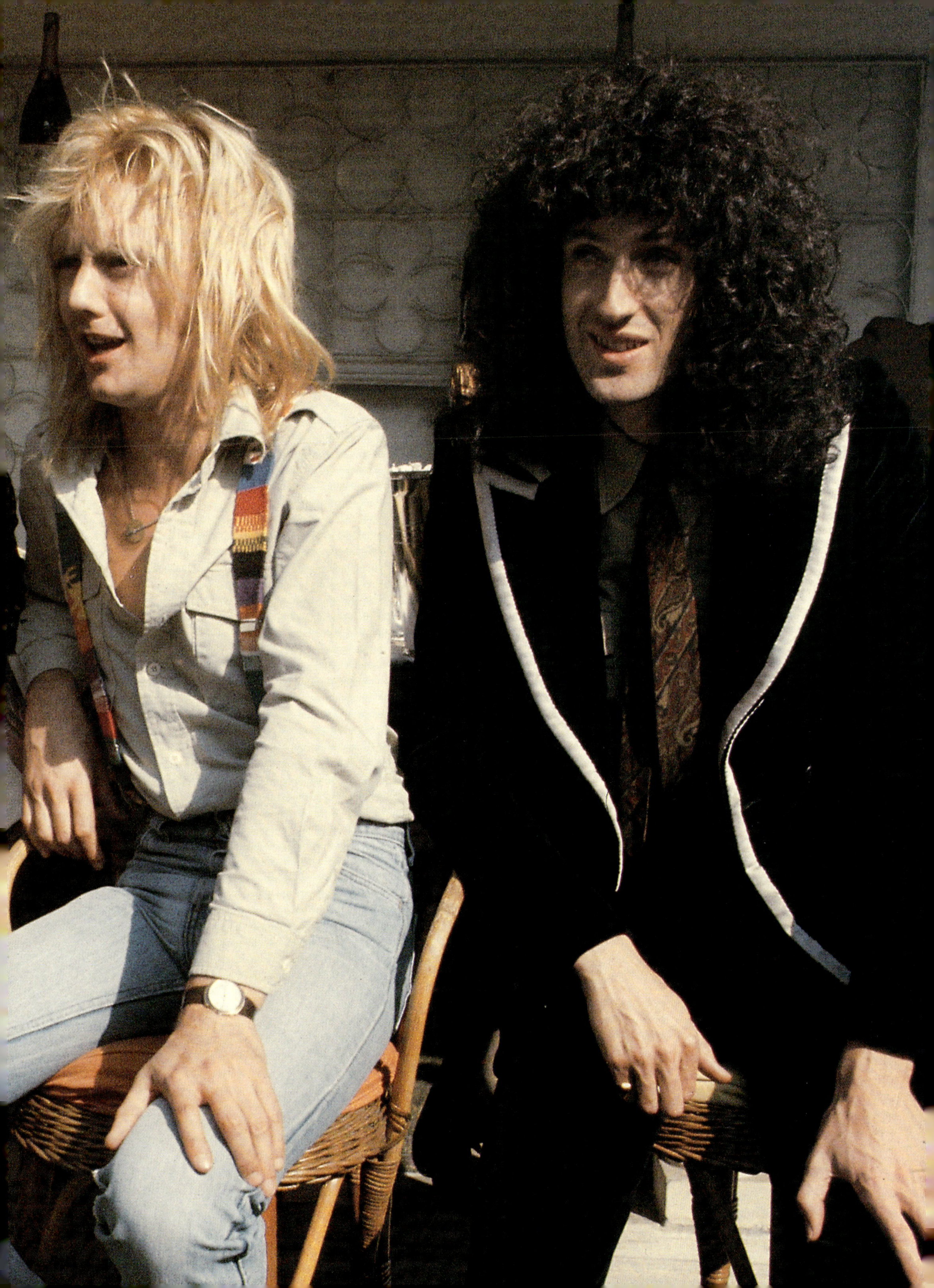

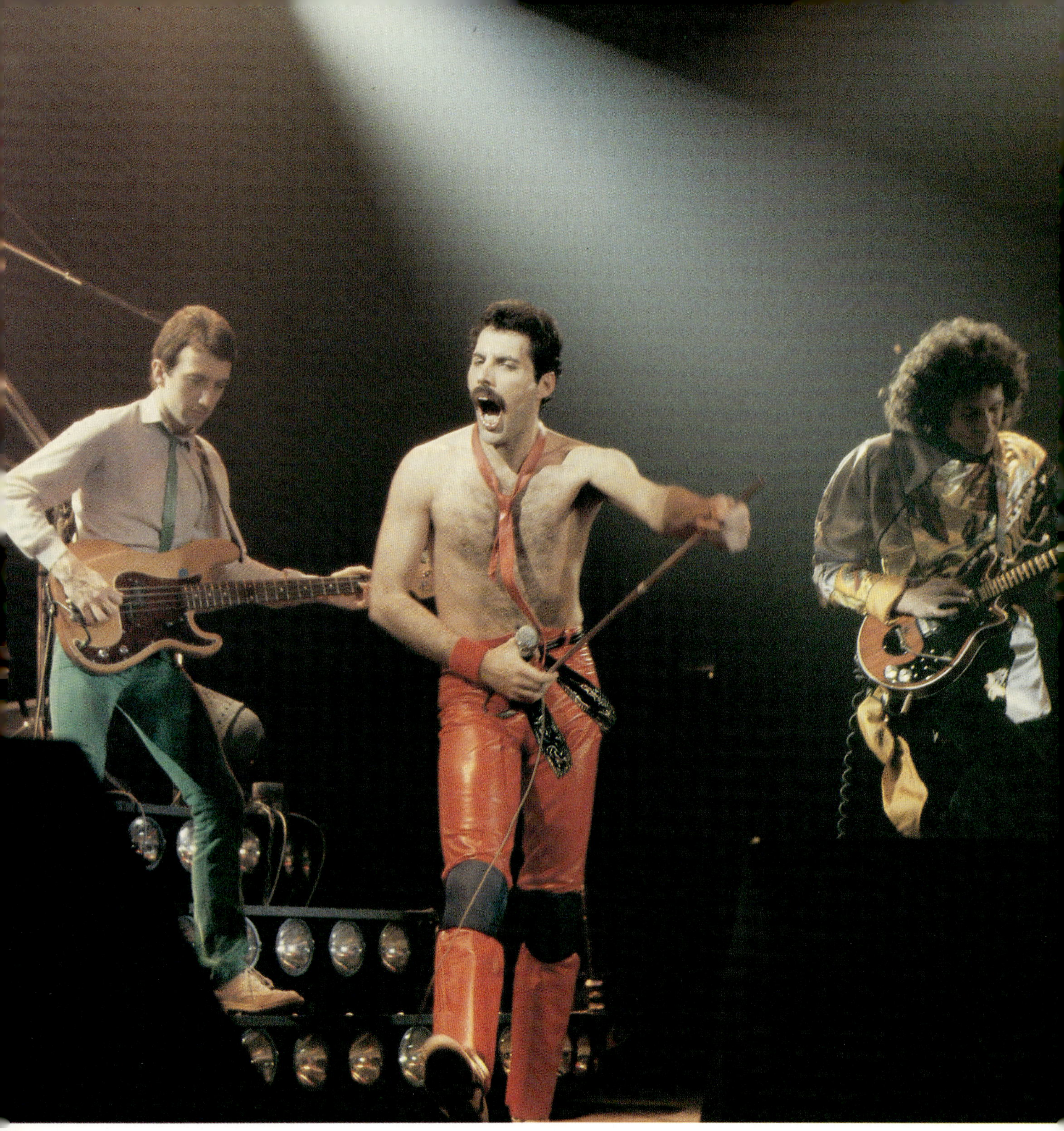

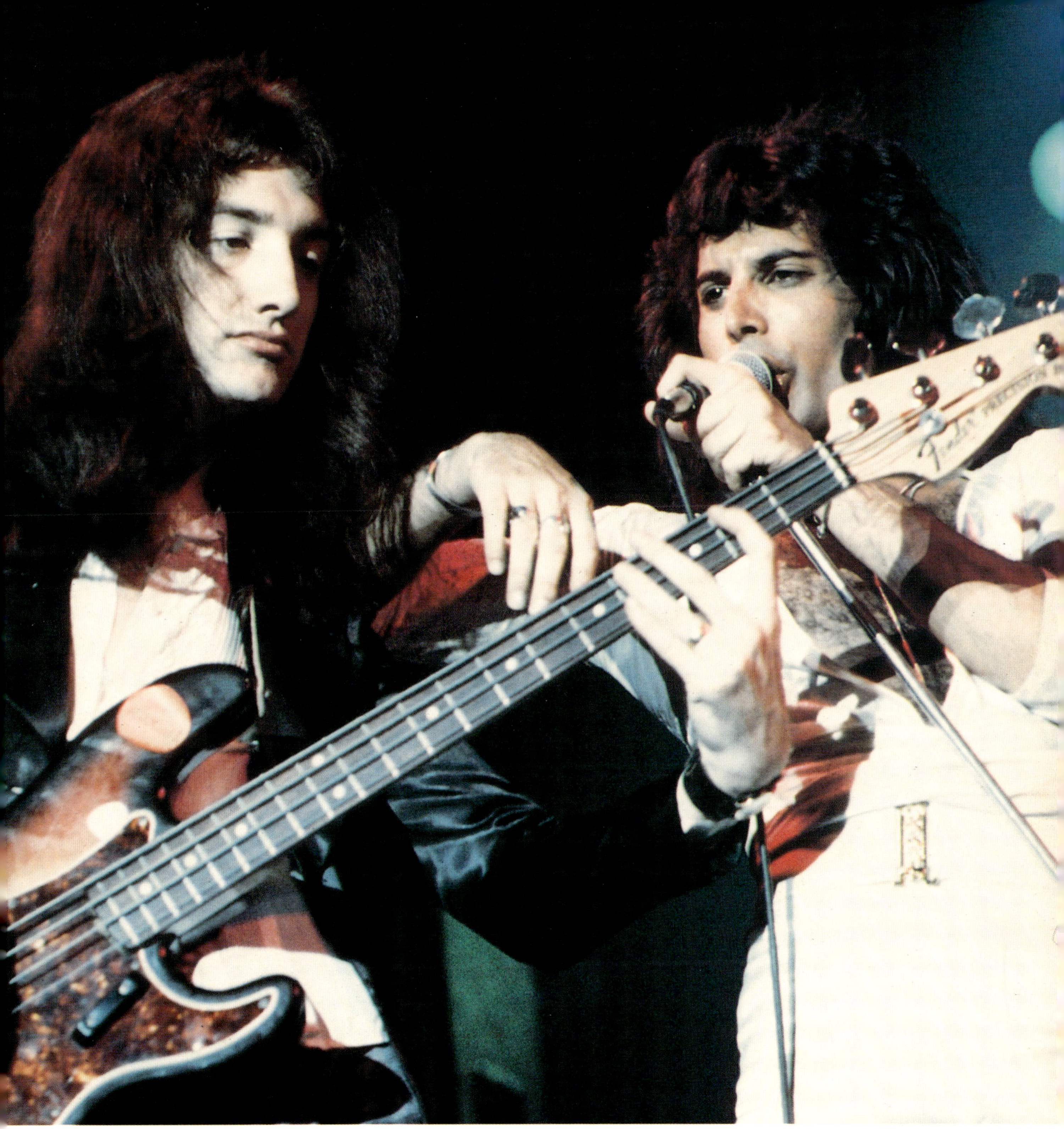

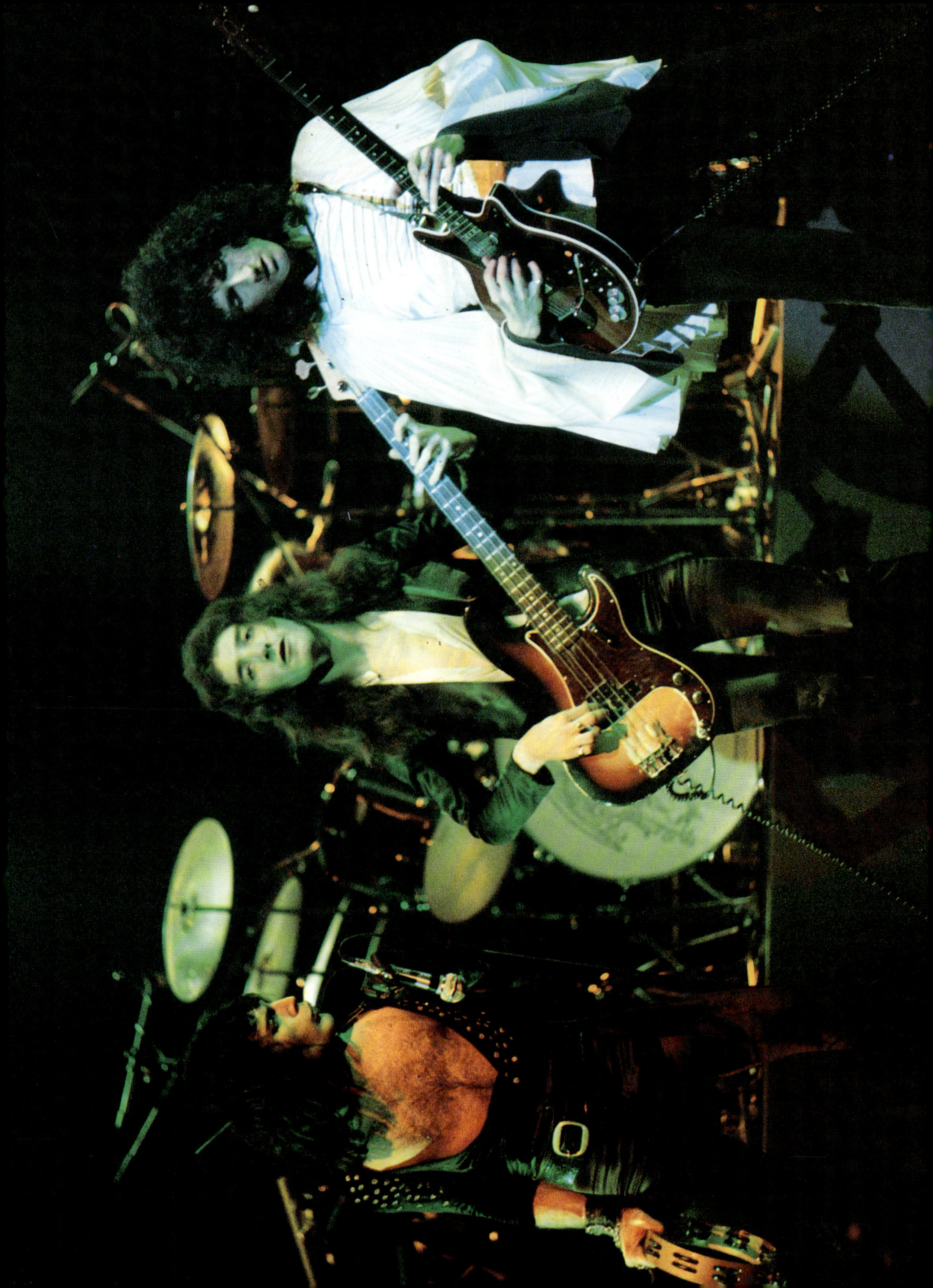

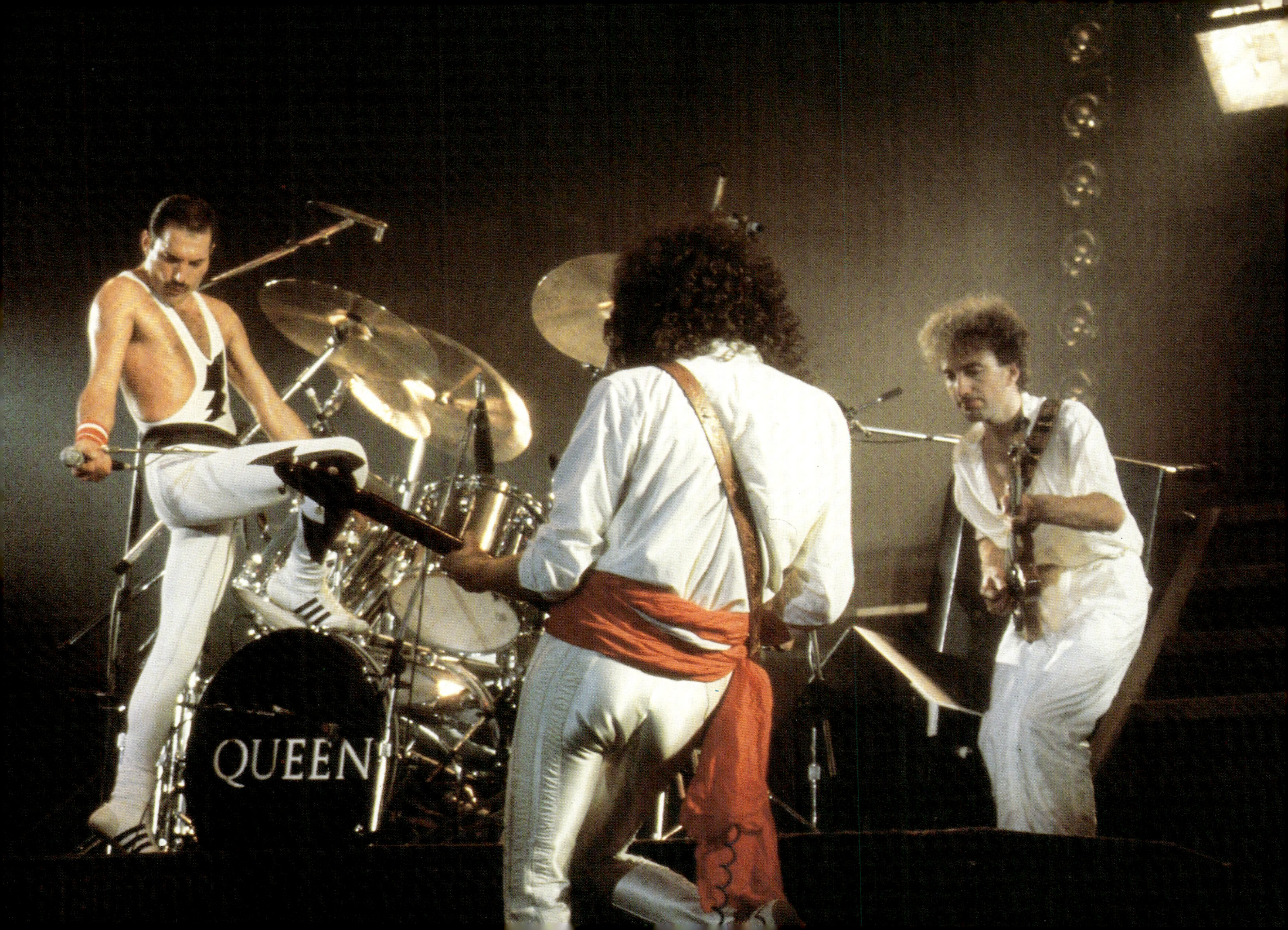
QUEEN

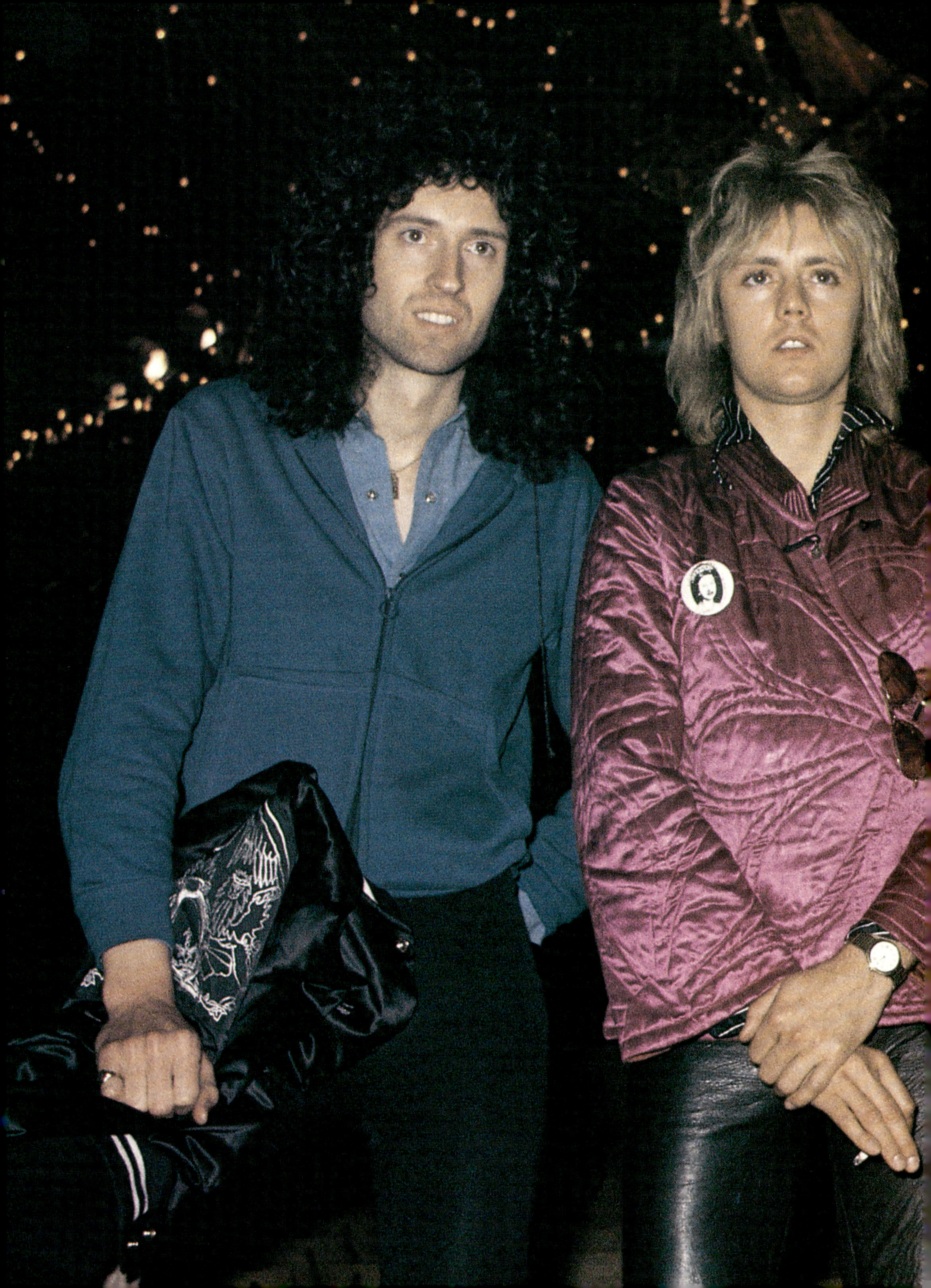

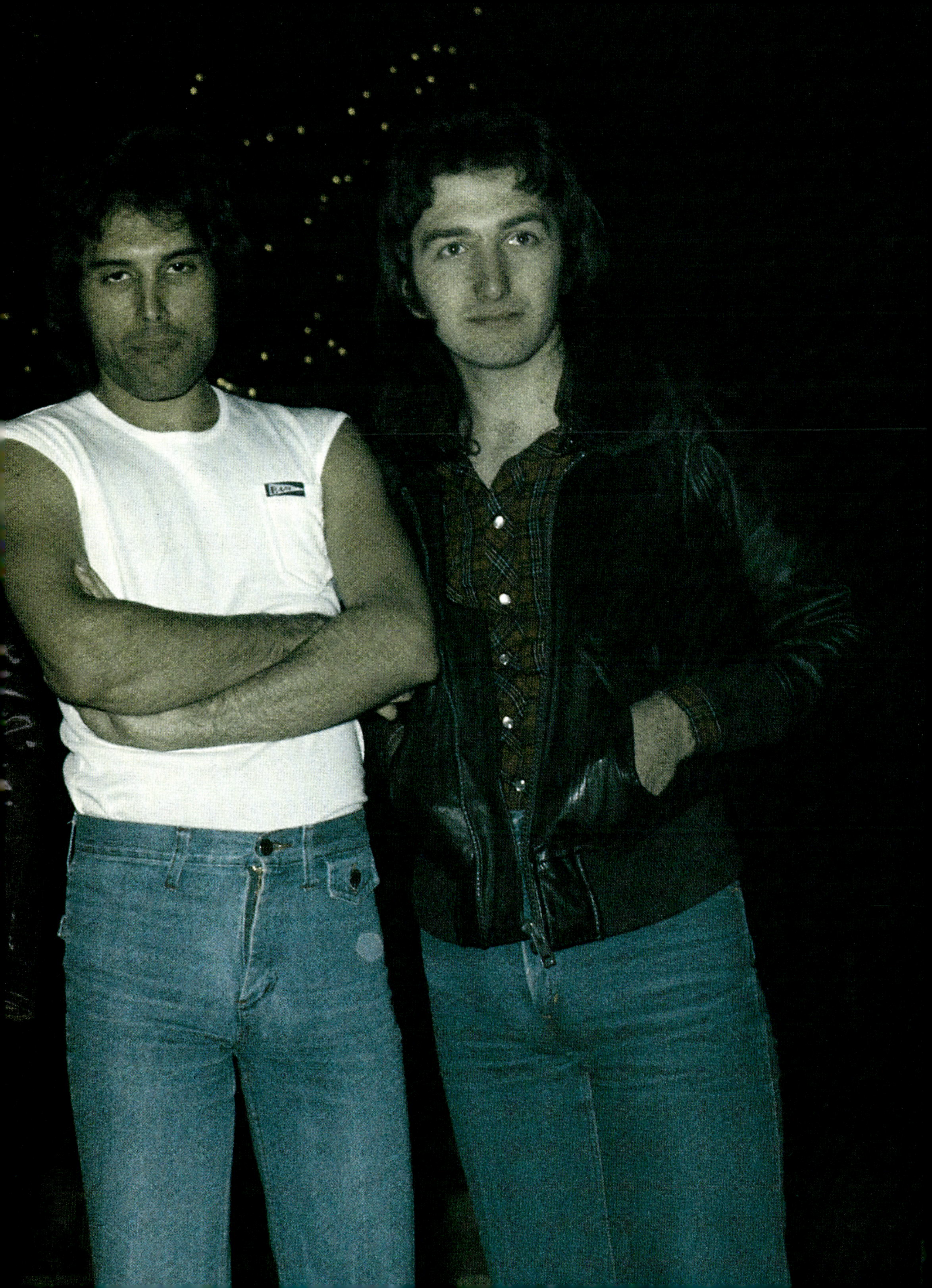

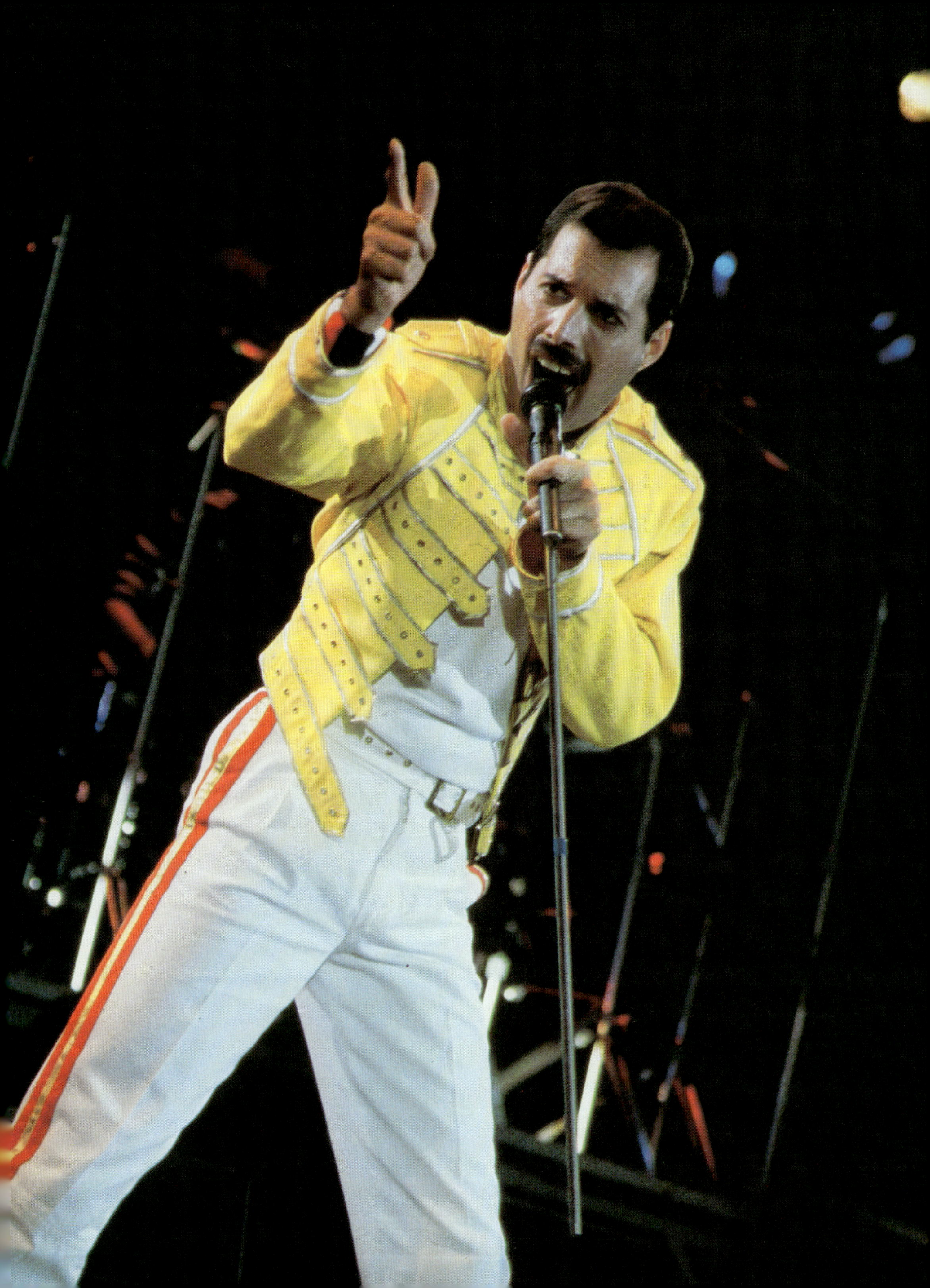

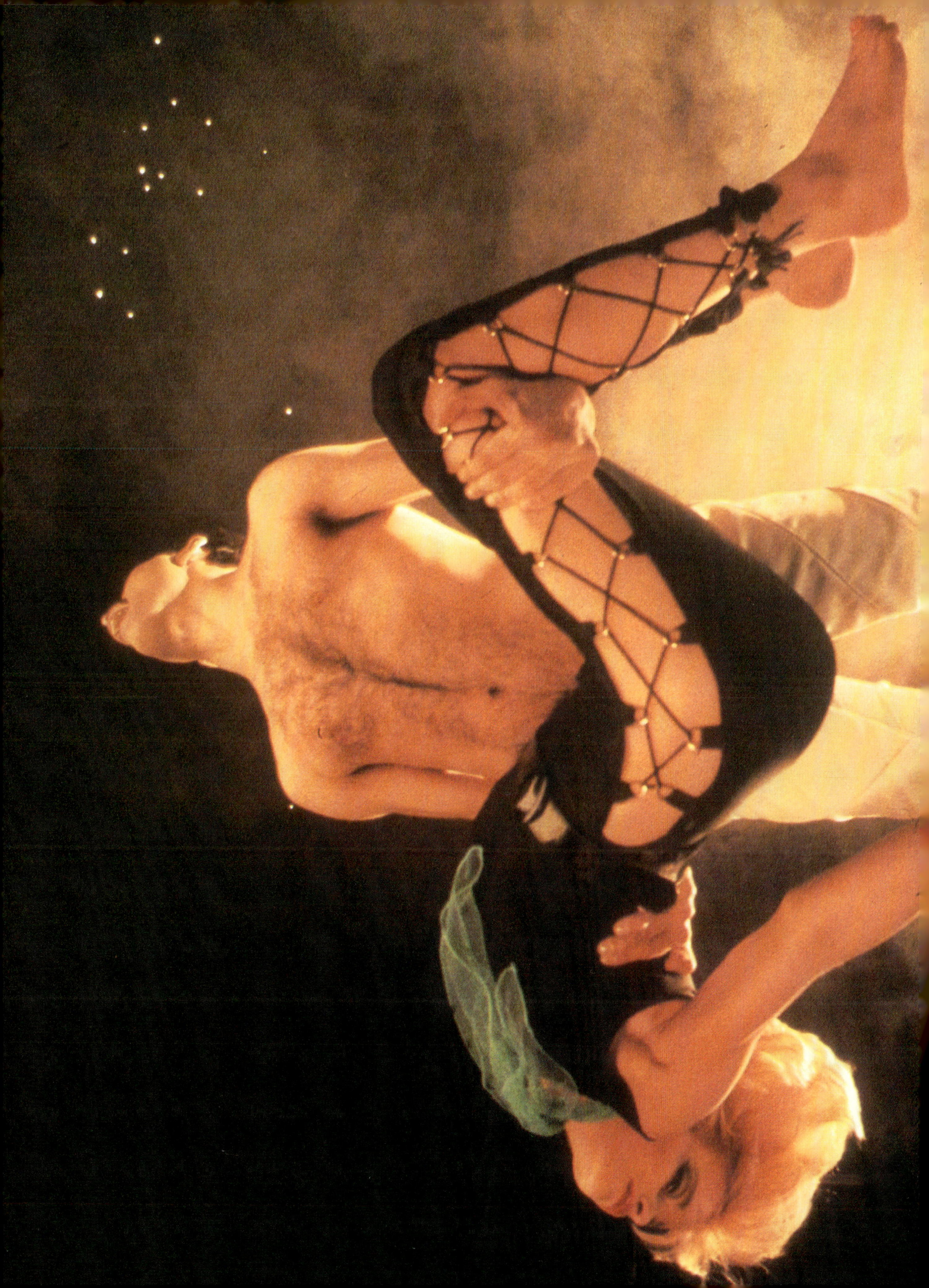

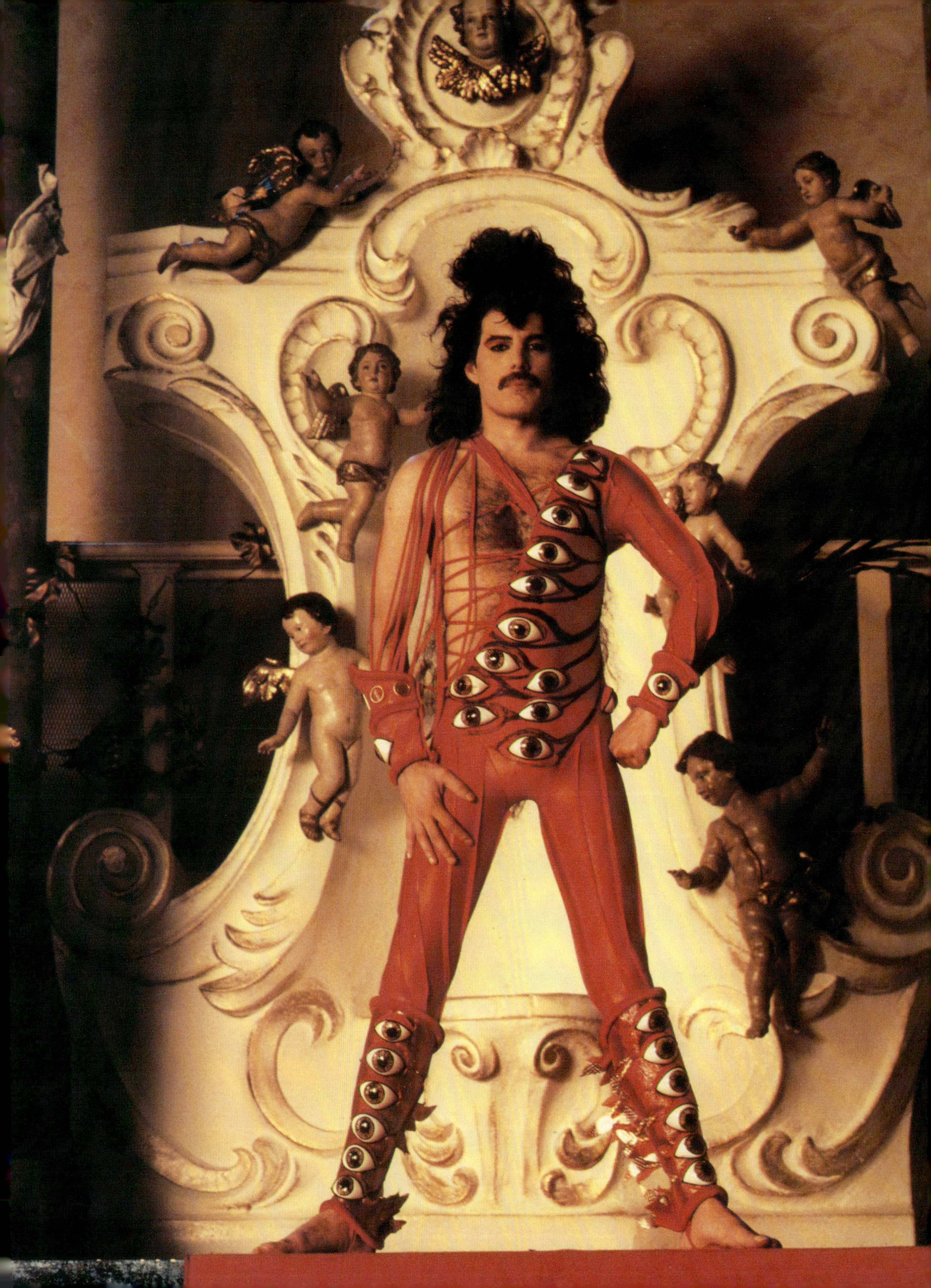

1975

Dieses Jahr sollte das erste wirkliche Erfolgsjahr von QUEEN werden. Allerdings nicht ganz ohne Probleme. Am 5. Februar starten sie eine neue Tournee durch die USA, dieses Mal jedoch als Headliner. Auf dieser Tour bekommt Freddie ernsthafte Probleme mit seiner Stimme.

Nach dem Konzert am 23. Februar in Philadelphia sucht er einen Halsspezialisten auf, weil er kaum noch sprechen kann. "Er pinselte meinen Hals aus, gab mir eine Spritze und verschrieb mir Tabletten. Am nächsten Tag war der Spuk wie fortgezaubert", erzählt Freddie. Doch am nächsten Abend treten die gleichen Probleme wieder auf.

In Washington versagt seine Stimme gänzlich. Er sucht wieder einen Arzt auf, und dieser macht ihm wirklich Angst, denn er behauptet, daß Freddie stumm werden kann oder seine Stimme sich total verändert, wenn er nicht ab und zu Pausen zwischen den Konzerten einlegt. Die Band sagt die folgenden Konzerte ab und setzt die Tour am 5. März fort. Bevor sie darauf zum ersten Mal nach Japan aufbrechen, machen sie einen Urlaub auf Hawaii.

Im Februar werden QUEEN bereits vom "Melody Maker" zur "Band des Jahres" gekürt. Ihr Trip nach Japan jedoch, bringt ihnen noch weitaus größere Lobeshymnen ein. Bevor sie dort überhaupt ein Live-Konzert gegeben haben, sind sich die japanischen Zeitungen einig, daß QUEEN zu den drei besten Bands der Welt gehören. Ihr erstes Konzert im fernen Osten findet in der legendären "Budokan-Hall" in Tokyo statt. Die gesamte Band verliebt sich in das Land des Lächelns, und Freddie wird von einem Tag zum anderen ein fanatischer Sammler japanischer Kunst und Antiquitäten.

Zu dieser Zeit befinden sich die LP "Sheer Heart Attack" und die Single "Now I'm Here"/ Lily Of The Valley" hoch in den Charts. Außerdem wird "Killer Queen" ihr erster großer Hit in den USA und erreicht dort Platz 12 in den Charts.

Das ist natürlich die richtige Zeit, um mit der Arbeit an einer neuen Platte zu beginnen. Zu diesem Zeitpunkt weiß noch keiner von ihnen, daß die LP ein absoluter Reißer werden soll. Geplant ist allerdings etwas Besonderes: Es sind Aufnahmen in sechs verschiedenen Studios vorgesehen (Sarm, Roundhouse, Olympic, Rockfield, Scorpio und Landsdowne Studio). Und natürlich wieder alles 'ohne Synthesizer'.

Dieser Ausdruck ist fast schon ein Markenzeichen von QUEEN und auf allen erschienenen Platten bis "The Game" ausdrücklich erwähnt. Schließlich meint man, Synthesizer-Klänge zu hören, aber diese stammen hundertprozentig aus Brian Mays selbstgebauter Gitarre.

Während der Arbeit an der neuen LP kommt es zu Schwierigkeiten mit Trident. Mit Jack Nelson, dem Mann, der QUEEN offiziell als eine Art Manager zugeteilt ist, sind sie mehr als unzufrieden. Ihre Platten verkaufen sich nun schon einige Zeit recht gut, und trotzdem bekommen alle vier jeden Monat eine feste und lächerlich kleine Summe Geld zugeteilt. Insider sagen, daß es nicht viel mehr als 150 Pfund die Woche sind.

Jack Nelson ist jedoch plötzlich in der Lage, sich einen zweiten Rolls Royce zu kaufen. Außerdem kursieren Trennungsgerüchte. In Wahrheit aber trennen sich QUEEN nicht voneinander, sondern mit Hilfe von Jim Beach, einem erfahrenen Rechtsanwalt aus dem Musikbusiness, von Trident. Ihr neuer Manager heißt John Reid. Reid ist auch Manager von Elton John. "Ungestraft" lassen QUEEN Jack Nelson allerdings nicht. Auf keiner neuveröffentlichten CD wird mehr sein Name zu lesen sein. Etwas Originelles widmen sie ihm dennoch, ebenfalls ohne seinen Namen zu nennen: den Song "Death On Two Legs (Dedicated To)".

Im Text heißt es: "Du saugtest mein Blut aus/ du hast die Gesetze gebrochen/ du hast meinen Geist verdreht, bis er schmerzte/ du hast mein ganzes Geld genommen und möchtest noch mehr." QUEENs Rechtsanwalt und auch die Plattenfirma wollen sie überreden, diesen Song nicht zu veröffentlichen oder zumindest den Text abzuschwächen. Sie sehen Schwierigkeiten auf die Gruppe zukommen. Doch der Song erscheint unverändert, und die erwarteten Probleme bleiben aus.

Nachdem alle diese mißlichen Dinge geklärt sind, kann die Arbeit ungehindert weitergehen. John Reid strahlt Ruhe aus und gibt ihnen den Rat, sich Zeit zu lassen. Diese positive Stimmung überträgt sich auf die Band. Wenig später bringen sie ihren ersten Nummer-1-Hit raus: "Bohemian Rhapsody" (B-Seite: "I'm In Love With My Car"). Dieses Stück wird ihre erfolgreichste Platte. Sie hält sich siebzehn Wochen als die Nummer 1 in den englischen Charts und erhält Platin.

Zum letzten Mal hatte Paul Anka 1957 mit seinem Hit "Diana" eine ähnlich gute Plazierung. Auch in Deutschland avanciert "Bohemian Rhapsody" zum Super-Hit. Und dabei gab es so viele Diskussionen bei der Plattenfirma, ob man diesen Song überhaupt veröffentlichen sollte. Schließlich ist dieser Titel über sechs Minuten lang, und welcher Radiosender spielt schon gern so lange Stücke...?! Doch sie kommt ins Radio und zwar auf lustige Weise. Ein DJ bekommt die Platte vor Veröffentlichung persönlich von Freddie. In seiner Sendung spielt er sie öfters an, längstens jedoch eine Minute. Er kommentiert: "Nein, ich spiele diese Platte nicht, ich darf es nicht." Die Leute wollen sie aber hören - und so kommt "Bohemian Rhapsody" ins Radio.

Dieser Song schafft es, weil er absolut einzigartig ist. Unter Mithilfe von Brian und ihrem Produzenten Roy Thomas Baker wird Freddies Idee von einer "Rock-Oper" Realität. Man könnte meinen, QUEEN hat ein ganzes Orchester engagiert, aber dem ist nicht so. "Bohemian Rhapsody" ist ein Produkt von vier Musikern.

Zu Promotionzwecken nehmen QUEEN ein Video zu diesem Stück auf und geben damit den Startschuß für das Videozeitalter. Immer mehr Plattenfirmen nutzen nun die Idee, durch Musikvideos für ihre Bands zu werben.

Die Single ist ein derart guter Vorgeschmack auf die folgende LP "A Night At The Opera", die in England am 3. Dezember auf den Markt kommt, daß sie ebenfalls ein Nummer-1-Hit wird, sich 42 Wochen in den Charts hält und mit Platin veredelt wird.

Am 24. Dezember treten QUEEN zum letzten Mal in diesem erfolgreichen Jahr auf. Die Show aus dem "Hammersmith Odeon" in London wird live im Fernsehen von BBC 2 übertragen.

1976

Im Januar beginnen QUEEN eine viermonatige Tour durch Amerika, Japan und Australien. Zwischenzeitlich erreicht "Bohemian Rhapsody" in Amerika Platz 9 in den Charts. Im Juli erscheint die zweite Single der "A Night At The Opera"-LP "You're My Best Friend". Der Titel klettert in den englischen Charts auf Platz 7 und in den amerikanischen auf Platz 16. Gleichzeitig beginnt erneut die Arbeit im Studio, denn die Veröffentlichung der fünften LP ist für Dezember geplant. Für ein paar Live-Gigs im September unterbrechen sie ihre Aufnahmen.

Eines der wohl legendärsten Konzerte in der QUEEN-Geschichte findet am 18. September im Londoner Hyde Park statt. QUEEN will sich bei allen Fans für ihre Unterstützung und Treue bedanken und spielt ein Gratiskonzert. Es werden über 150.000 Besucher gezählt. Das hat es seit Jahren nicht gegeben und ist höchstens mit dem Rolling Stones-Konzert von 1969 vergleichbar.

Seit diesem Zeitpunkt spricht man über QUEEN als eine Mega-Band. Brian erinnert sich genau an diesen Tag:

"Der Hyde Park-Gig war wirklich was Besonderes. Naja, der Anlaß noch mehr als der Auftritt als solcher - und eben die Tradition des Hyde Parks. Ich bin dort hingegangen, um die ersten Bands wie Pink Floyd und Jethro Tull zu sehen - eine großartige Atmosphäre und ein Gefühl von Freiheit. Wir fühlten, daß wir dieses Gefühl eigentlich wieder aufleben lassen müßten. Aber dafür gab es zu viel Weltschmerz und Probleme.

Erst war es so schwer, das Gelände überhaupt zu bekommen, und zu guter Letzt mußten wir auch noch Kompromisse machen, denn der gesamte Zeitplan war schon um eine halbe Stunde überzogen, weil vor uns ja noch andere Bands gespielt hatten. Ergebnis: wir durften keine Zugaben mehr geben."

Am 12. November wird "Somebody To Love" (B-Seite: "White Man"), die erste Single aus dem neuen Album "A Day At The Races", veröffentlicht. Der Titel verbringt 8 Wochen in den Charts und erreicht Platz 2. Am 10. Dezember kommt dann das Album auf den Markt, wird die Nummer 1 in den Charts und hält sich dort insgesamt 21 Wochen.

Übrigens stammen die Titel "A Day At The Races" und "A Night At The Opera" beide von gleichnamigen Marx Brothers-Filmen. In diesem Jahr widmen sich die einzelnen Bandmitglieder auch noch diversen anderen Aufgaben.

Freddie macht sich als Produzent auf Eddie Howells Single "Man From Manhattan" nützlich, auf der er und Brian allerdings auch als Musiker vertreten sind. Außerdem singen alle drei - ausser John - auf Ian Hunters LP "All American Alien" mit.

1977

Dieses Jahr beginnt mit einer zweimonatigen Tournee. Ziel ist zum vierten Mal die USA. Als Vorband ist Thin Lizzy dabei. Das Kuriose daran: Thin Lizzy wird von den Kritikern in den Himmel gelobt und QUEEN glattweg verrissen. Das Ergebnis jedoch: es kommen noch mehr Fans, die hören und sehen wollen, wen die Presse so mit Lob überschüttet, bzw. so verreißt. Und etwas anderes, wirklich Königliches, findet in diesem Jahr in England statt:

Die echte Queen Elisabeth II. feiert ihr 25. Thron-Jubiläum, und eine Band mit dem Namen "Sex Pistols" feiert erste Erfolge. Ihre erste Single heißt passend zum Jubiläumsjahr "God Save The Queen". Die Punk-Musik hat ihre ersten Klänge.

Auch die Sex Pistols sind bei EMI unter Vertrag, und die Plattenfirma veröffentlicht kurz nach QUEENs "Somebody To Love" die Debüt-Single der Pistols. Natürlich verleihen sie Queen Elisabeth II. damit nicht ihre Zunegung, sondern bringen ihre Zwiespältigkeit zum Ausdruck. Die Rock-QUEEN findet derweil einen anderen Weg, sich an dem Jubiläum zu beteiligen.

Die Band gibt zwei Konzerte in Londons "Earls Court" im Rahmen der offiziellen Feierlichkeiten. Dabei verlieren sie allerdings 75.000 Pfund, denn die von ihnen mitgeführte Light-Show fordert ihren Tribut. Es handelt sich um eine riesengroße - eigens konstruierte - Krone, die die eigentliche Lichtanlage ersetzt.

Die explosive Punkwelle stellt für viele Künstler eine ernsthafte Gefahr dar. Nicht so für QUEEN. Sie müssen sich zwar in dieser Zeit eine Menge Kritik anhören, die oftmals auch unter der Gürtellinie angesiedelt ist, aber ihr konstanter Erfolg findet keinen Abbruch.

Freddie Mercury, der seinen Fans auch mal mit Champagner zuprostet, ist für junge, gierige Journalisten das "gefundene Fressen". "Wie dieser Mann sich benimmt, hat nichts mit Rock-Musik zutun", heißt es beispielsweise, und der "New Musical Express" (NME) druckt einen Artikel, der eigentlich weniger ein Interview, als eine Konfrontation zwischen Freddie und dem Journalisten Tony Stewart ist. Die Überschrift: "Ist dieser Mann übergeschnappt?"

Ein wirkliches Gespräch findet zwischen den beiden nicht statt. Für Freddie sind Rockmusik, Pomp und Glamour ein Paar Schuhe, und er sieht keinen Grund, in Zukunft etwas daran zu ändern. Das Resultat: QUEEN werden als altmodisch befunden, und das Verhältnis zur Presse verschlechtert sich.

Also ziehen sie sich erstmal wieder ins Studio zurück, um ihre neue LP "News Of The World" aufzunehmen, bevor sie England wieder für eine zweimonatige Tour in Richtung Amerika verlassen. Mit ihrer großartigen Bühnenshow und der Single "We Are The Champions" erobern sie endgültig die Herzen der Amerikaner.

Auch der zweite ausgekoppelte Song "We Will Rock You" erntet Erfolg. Sport und Werbung nutzen die beiden Hymnen in Zukunft als musikalische Untermalung. Die Single wird mit einer doppelten A-Seite veröffentlicht und erreicht in England Platz 2 in den Charts. Die LP "News Of The World" hält sich 19 Wochen in den Charts und erreicht in England Platz 4, in Amerika Platz 3.

Alles in allem, trotz der vielen Kritik, ein erfolgreiches Jahr, und so sieht es auch Brian May: "Kritik trifft mich immer wieder aufs Neue. Ich denke, das geht den meisten Künstlern so, auch wenn sie es nicht zugeben. Egal, wie abgehoben du bist, wenn jemand sagt, du bist ein Haufen Scheiße, dann schmerzt das sehr. Andererseits ist es nur eine Pressenotiz, und am Ende hat es sogar seine gute Wirkung und macht dich nur noch besser.

Genauso war es mit Thin Lizzy als Vorband. Sie wollten uns von der Bühne fegen und heizten das Publikum ordentlich ein. Davon konnten wir profitieren. Bei uns war es ja damals genauso, als wir die Vorband bei Mott The Hoople waren. Ich glaube, leicht haben wir es denen damals auch nicht gemacht."

In dieser Zeit nimmt Freddie auch Ballettunterricht und baut sein dort erworbenes Können in die Bühnenshows ein. Er ist überzeugt, daß er damit ein neues Territorium erschlossen hat und das Publikum so etwas sehen will:

"Die Leute wollen Kunst. Sie wollen Showbiz. Sie möchten sehen, wie du mit deiner Limousine vorfährst. Wenn allerdings alles stimmen würde, was in der Presse über mich geschrieben wird, wäre ich längst ausgebrannt. Als QUEEN stehen wir zu dem, was wir tun und werden immer dafür leben."

Ende des Jahres bekommen QUEEN den "British Record Industry Britannia Award" für "Bohemian Rhapsody" als beste Single der letzten 25 Jahre.

1978

"Er muß Dynamit im Blut haben. Keine Sekunde steht der schwarzhaarige Sänger der englischen Gruppe QUEEN still. Seine Bewegungen erinnern an eine Reihe von Explosionen. Man weiß nie, in welcher Ecke der Bühne er im nächsten Moment losfetzt. Dann wieder überrascht der schöne Freddie Mercury sein Publikum mit fast katzenhaft weichen Bewegungen. Er träumt davon, einmal wie Nurejev über die Bühne zu tanzen, das Ballettrikot trägt er schon bei seinen Auftritten: super-enganliegende Bühnenklamotten, die Freddies sexy Figur noch mehr unterstreichen", schreibt das deutsche Klatschblatt "Freizeit-Magazin" über ein Live-Erlebnis im Januar des Jahres, in dem QUEEN zumindest in Deutschland einen ganz besonderen Erfolg feiern können.

Im April haben sie drei Songs gleichzeitig in den deutschen Hitparaden: "We Are The Champions", "We Will Rock You" und "Spread Your Wings". Ihre LP "News Of The World" wird vergoldet und ist damit die erste goldene Schallplatte für QUEEN in Deutschland. Nach ein paar Konzerten in Deutschland, Holland und England gehen QUEEN im Sommer wieder ins Studio,

um an ihrer neuen LP zu arbeiten. Zum ersten Mal arbeiten sie in Studios außerhalb Englands. Die Aufnahmen für "Jazz" finden in den "Mountain Studios" in Montreux und in den "Super Bear Studios" in Nizza statt. Nachdem sie die letzten beiden Alben allein aufgenommen haben, ziehen sie für "Jazz" wieder ihren alten Produzenten Roy Thomas Baker hinzu.

Zwei Titel von dieser LP werden als Single mit doppelter A-Seite veröffentlicht: "Bicycle Race" und "Fat Bottomed Girl". Zu Promotionzwecken wird ebenfalls ein Video gedreht.

Dafür, sowie für das Cover der Single, haben sich QUEEN etwas ganz Besonderes ausgedacht: Nackte Frauen umrunden auf Fahrrädern die Rennbahn des Wimbledon Stadions. Die Informationen zur Anzahl der Damen weichen sehr voneinander ab. Die einen sagen, es waren 50, die anderen sprechen von 200. Letztlich ist die genaue Zahl egal.

Für zeitweilige Empörung sorgt nur eine der nackten Ladies, nämlich die, die auf dem Single-Cover und auf dem Poster, das der LP beigelegt wird, von hinten zu sehen ist.

Die amerikanischen Plattenhändler weigern sich sogar, die LP mit Poster zu verkaufen. Deshalb müssen die US-QUEEN-Fans entweder die Platte in England bestellen oder das Poster mit einem Gutschein zusätzlich anfordern.

Auch Brian nimmt zum Thema Stellung: "Wir haben dadurch tatsächlich ein paar Fans verloren. Die sagten 'Wie konntet ihr das nur tun, das paßt nicht zu eurer geistigen Seite'. Meine Antwort darauf ist, daß die körperliche Seite genauso ein Teil des Menschen ist wie die geistige. Es macht Spaß. Ich werde mich für nichts entschuldigen. Es gibt andere Musik, bei der das Thema Sex viel direkter abgehandelt wird. In unseren Stücken ist das nicht der Fall. Wir reden zwar auch über Sex, aber es fällt nicht auf, weil wir oft spaßige Formulierungen wählen."

Doch allzuviel bekommen QUEEN in diesem Jahr vom ganzen Trubel nicht mit. "Jazz" erreicht Platz 2 in den englischen Charts, und die Band macht sich auf zu einer sechsmonatigen Tour durch Amerika, Japan und Europa.

Die Veröffentlichungs-Party für "Jazz" findet in New Orleans statt und wird zur bleibenden Erinnerung. Die Band selbst ist der Gastgeber und lädt Repräsentanten der EMI Europa sowie Elektra (EMI Amerika) zusammen ein.

Es ist das erste Mal, daß die Obersten der beiden Firmen sich gegenüberstehen, sich sozusagen kennenlernen. Die Party ist eine absolut denkwürdige Angelegenheit, denn QUEEN sorgen für allerhand Kuriositäten: Ringer, die sich im Matsch suhlen, Lilliputaner und Oben-Ohne-Bedienungen runden die Feier ab.

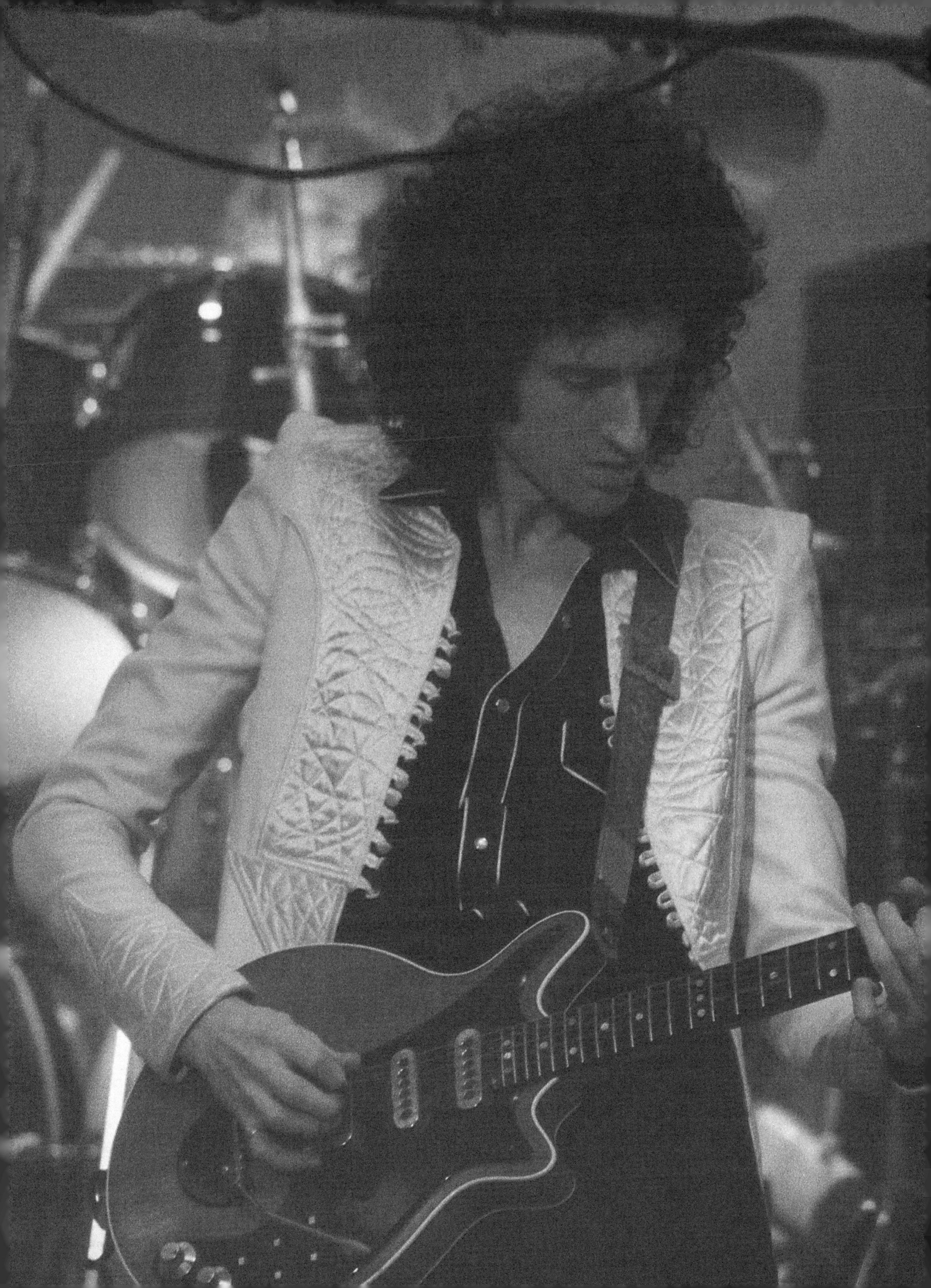

1979

Das ist das Jahr, in dem QUEEN Deutschland live erobern. Denn 1979 entschließt sich die Band, vom 17. Januar bis zum 15. Februar fast ausschließlich dort Konzerte zu geben.

"Bis 1979 hatten wir ehrlich gesagt immer etwas Angst vor Deutschland. Während wir in aller Welt gefeiert wurden, besonders in Japan, reagierten die deutschen Fans immer ein wenig kühl", meint Freddie. "Wir wußten einfach nicht, was wir anstellen sollten, um sie zu begeistern. Erst die kurze Tournee 1978 überzeugte uns, daß wir auch in Deutschland genug Fans hatten", erinnert er sich weiter.

Zur Supergruppe in Deutschland avancieren QUEEN erst viel später als beispielsweise "Status Quo" oder "Smokie". Die Schuld daran geben sie sich selbst, sie hätten die deutschen Metropolen einfach eher in ihren Tourplan aufnehmen müssen.

Aus diesem Grunde unternehmen sie in diesem Januar auch alles, um ihre deutschen Fans endgültig zu überzeugen. Eine mehrere Tonnen wiegende Lightshow mit über 400 Scheinwerfern hängt an einer überdimensionalen Traverse wie ein Dach. Während die Jungs "We Will Rock You" von der Bühne schmettern, umwabert sie gespenstisch der Trockeneisnebel.

Kurz nach Tourende beginnen sie mit der nächsten Plattenproduktion. Geplant ist das erste Live-Album. Die Produktion findet wieder in den "Mountain Studios" in Montreux statt. Weil ihnen das Studio so gut gefällt, entschließen sie sich, es zu kaufen. Als Freddie danach gefragt wird, warum er es gekauft hat und was er damit vorhat, anwortet er in Freddie-typischer Weise: "Um es in den See zu werfen, mein Lieber..!" (Für Schweizunkundige: gemeint ist der Genfer See, an dessen Ufer sich Montreux befindet.)

"Live Killers", übrigens die einzige Doppel-LP von QUEEN, wird am 22. Juli veröffentlicht, nachdem die Band zwischenzeitlich wieder in Japan unterwegs war. Die Aufnahmen zu "Live Killers" stammen von ihrer Europa-Tournee '79 und nicht aus Übersee. "Eigentlich wollten wir nie eine Live-LP machen. Wir hatten einfach Angst, der Sound würde nicht so gut werden wie bei unseren Studioproduktionen.

Wir hängten die Sache auch nicht an die große Glocke, waren es unseren Fans aber irgendwie schuldig, einmal eine Live-LP zu machen, obwohl es schon auf der ganzen Welt Raubpressungen von unseren Live-Konzerten gab", erklärt Freddie. "Live Killers" hält sich 28 Wochen in den Charts und erreicht Platz 3. Die ausgekoppelte Single "Love Of My Life" / "Now I'm Here" erreicht keine nennenswerte Chartplazierung.

In den Monaten Juni und Juli beginnt die Arbeit an einem neuen Studioalbum. Sie nehmen es in den "Musicland Studios" in München auf und arbeiten zum ersten Mal mit einem neuen Produzenten zusammen, der lediglich unter dem Namen "Mack" bekannt ist. Auf "The Game", der neuen LP, verwenden sie zum allerersten Mal Synthesizer. Und bei dem Stück "Crazy Little Thing Called Love" gibt Freddie sein Debüt als Rhythmus-Gitarrist.

Dieser Song wurde ein weltweiter Hit. Brian glaubt, daß ihnen dieser Titel eine Menge noch jüngerer Fans eingebracht hat, und Roger meint, dieser Song habe "Elvis-feeling". Der Erfolg dieser Platte regt zu einer weiteren Tour in diesem Jahr an: der "Crazy"-Tour.

In diesem Jahr komponieren QUEEN ihren ersten Film-Soundtrack. Der Filmproduzent Dino de Laurentis bittet sie, die Film-Musik für seinen Science-Fiction-Streifen "Flash Gordon" zu schreiben.

1980

In diesem Jahr gibt es viel zu tun. Tourneen durch Amerika und Europa, die neue LP "The Game" muß fertiggestellt werden, und die Arbeit am Soundtrack zu "Flash Gordon" geht weiter. Aber irgendwie kriegen sie tasächlich alles auf die Reihe und werden wieder einmal belohnt.

Die bereits veröffentlichte Single "Crazy Little Thing Called Love" wird im Februar die Nummer 1 in den US-Charts. "The Game" wird im Juni veröffentlicht und wird ebenfalls die Nummer 1 in den UK-LP-Charts und im September auch in Amerika. Die zweite Single von diesem Erfolgsalbum, "Another One Bites The Dust" - ein Stück von John Deacon - steigt unerwartet schnell in die Charts ein. In England erreicht sie Platz 7, dafür klettert sie aber in Amerika auf Platz 1. Und in Amerikas "Hot Black Single Charts" geht sie ebenso an die Spitze und wird von Black-Radio-Stations rauf und runter gespielt.

"Ich hörte schon in der Schule eine Menge Soul", erzählt John, "und war immer interessiert an solcher Musik. Ein Stück wie 'Another One Bites The Dust' ist schon lange in meinem Kopf, aber alles, was ich hatte, war die grobe Linie und die Baß-Riffs. Gemeinsam mit der Band vervollständigte ich den Song. Man konnte gut dazu tanzen, das war mir klar, aber daß er so erfolgreich werden würde und die Black-Radio-Stations ihn spielen würden, hatte ich niemals vermutet." Diese Single verkauft sich weltweit von allen QUEEN-Singles am häufigsten.

Auch die Arbeit am Soundtrack für "Flash Gordon" ist für QUEEN eine wichtige Sache. "Wir sahen etwa zwanzig Minuten des fertigen Films", erinnert sich Brian," und wir fanden ihn

43

einfach großartig. Wir waren begeistert und wollten unbedingt die Musik dafür schreiben. Niemals zuvor hatte eine Rock-Band eine derartige Aufgabe bekommen. Und wenn, dann immer mit der Auflage 'nette und seichte Backgroundmusik' zu schreiben. Wir dagegen erhielten die Erlaubnis, alles zu machen, was wir wollten, solange die Musik die Bilder ergänzte."

Der Plan, Weihnachten ein "Greatest Hits"-Album zu veröffentlichen, wird von der Band aufgeschoben. Stattdessen beschließen sie, den "Flash Gordon Soundtrack" als ein offizielles QUEEN-Album zu veröffentlichen. In den Charts erreicht die LP Platz 10 und hält sich 14 Wochen.

Auch das Live-Geschäft läuft in diesem Jahr gut. Noch bevor QUEEN auf ihrer großen US-Tournee in Los Angeles eintreffen, sorgen sie für eine Sensation: Die drei geplanten Konzerte im "Forum" (16.000 Plätze) sind innerhalb kürzester Zeit restlos ausverkauft.

Bei ihrem ersten Auftritt in Los Angeles werden sie ebenso liebevoll wie stürmisch von den Amerikanern empfangen. Das Publikum erhebt sich von den Plätzen und klatscht fünf Minuten lang, bevor die Band auch nur einen Ton gespielt hat. QUEEN, die wieder mit einer gigantischen Light-Show unterwegs sind, enttäuschen niemanden.

Das US-Magazin "Rolling Stone" urteilt: "Die beste Show der Saison!" Das einzige, was die amerikanische Presse Freddie ankreidet, ist sein Schnurrbart, den er sich zwischenzeitlich stehen ließ. An seinen schwarz-roten Lederanzug und seine Rollerskate-Knieschützer sind sie schon gewöhnt, aber der Bart, "der erinnert ja nun doch irgendwie an Hitler-Look", heißt es in einer Presseformulierung. "Die Amerikaner sind in dieser Hinsicht sehr empfindlich", meint Freddie dazu, "in Deutschland kann es natürlich nur noch schlimmer werden. Deshalb werde ich meinen Schnurrbart abrasieren, bevor wir dorthin kommen."

Außer diesem Zwischenfall gab es in den USA nur Jubel für QUEEN. Und ob die deutschen Fans die Sache mit dem Bart tatsächlich so gesehen hätten, sei dahin gestellt. Ob mit oder ohne Bart, für die BRAVO ist klar: "Freddie bleibt der Supermann."

1981

10 Jahre QUEEN - ein Jubiläum, das offiziell gefeiert wird. QUEEN würdigen dieses Jahr selbst. Sie bedanken sich bei ihren Fans mit dem Album "Greatest Hits", welches, gerade als es veröffentlicht ist, in die Charts geht und sich dort über Jahre hinweg hält.

"Greatest Flix" - ein Video, das übrigens die erste Promotionvideo-Sammlung einer Band ist und "Greatest Pix" - ein Buch, das Jaques Lowe zusammengestellt hat, seines Zeichens persönlicher Fotograf Präsident Kennedys während dessen Amtszeit, kommt noch dazu. Es enthält Jaques' private QUEEN-Foto-Sammlung.

Eine weitere Überraschung ist die Veröffentlichung einer Single, die QUEEN zusammen mit David Bowie einspielen. "Under Pressure" kommt zustande, während die Band sich in Montreux auf ihre neue LP vorbereitet. Roger: "Dieser Song ist einer der besten, die wir jemals gemacht haben. Dabei passierte alles so zufällig, denn David wollte uns eigentlich nur besuchen." David Bowie: "Es war eine ganz rasche Angelegenheit, so etwas, was in 24 Stunden erledigt ist. Es hätte natürlich besser sein können, aber auf die Idee fahre ich total ab."

Bevor diese Dinge passieren, ist die Band in diesem Jahr schon viel gereist. Im Februar spielen sie erneut in Japan. Fünf Tage treten sie hintereinander in Tokyo in der Budokan-Hall auf. Am 28.Februar fliegen sie als erste Rock-Band nach Südamerika, um dort in Argentinien, Brasilien, Venezuela und Mexiko aufzutreten.

Der Auftakt ihrer Tournee findet in Buenos Aires statt. Das gesamte Band-Equipment wird in einem Privatflugzeug von Tokyo nach Buenos Aires geflogen. Dabei muß die größte Entfernung zwischen zwei Hauptstädten zurückgelegt werden, die es auf dem Globus gibt. Innerhalb von acht Tagen spielen QUEEN fünf Konzerte in großen Stadien.

Am 20. und 21. März treten sie im gigantischen "Morumbi Stadium" in Sao Paulo auf. In der ersten Nacht schreibt die Band Rockgeschichte, denn 131.000 Besucher kommen zum Konzert. Die größte zahlende Besucherzahl, die bislang weltweit bei einem Rockkonzert einer Band ermittelt wurde.

Am nächsten Tag kommen annähernd ebenso viele Fans, und so läßt sich sagen, daß QUEEN in zwei Shows eine Viertel Million Zuschauer hatten. Sämtliche ihrer bisher veröffentlichten Singles sind zu dieser Zeit in den argentinischen Charts.

Verständlich ist, daß diese Begebenheiten die vier nicht unberührt lassen. Freddie: "Wir waren sehr nervös. Wir hatten nicht das Recht anzunehmen, alles würde so automatisch ablaufen wie in europäischen Ländern. Ich glaube nicht, daß die dort schon jemals eine so groß angelegte Show gesehen haben, mit so viel Licht und Effekten." Brian: "Es war lange her, daß wir derartig viel Wärme von einem Publikum empfangen haben. Leider konnten wir nicht viel sehen, die Menge war unüberschaubar. Im nachhinein fühlen wir uns gut, endlich konnten wir mal wieder das verwirklichen, was wir uns immer vorgenommen hatten."

Roger kommentiert die Tatsache, daß sie in einem Land auftreten, das von einer Militärdiktatur regiert wird, so: "Eigentlich erstaunlich, daß wir nicht mehr kritisiert wurden, weil wir in Südamerika Konzerte gaben. Ich glaube nicht, daß wir dem politischen Regime als Werkzeug dienten. Wir haben für die Menschen dort gespielt. Wir sind dort nicht mit der Augenbinde rumgelaufen. Wir waren uns der Situation in diesem Land bewußt, aber für eine kurze Zeit konnten wir Tausende glücklich machen. Wir haben nicht für die Regierung gespielt, sondern für die Leute auf der Straße. Natürlich wurden wir gebeten, Präsident Viola zu treffen - wir lehnten ab, denn das hätte allzuschnell einen falschen Eindruck vermittelt."

Die Konzerte in Südamerika sind für die Band ein völlig neues Live-Erlebnis. Kein Song wird von Freddie allein gesungen, die Fans kennen jeden Text. Bei 40 Grad im Schatten wird gejubelt wie niemals zuvor. Brian: "Wenn du dieses Klima nicht gewöhnt bist, spielt dein Kreislauf verrückt. Die Zugaben waren manchmal eine richtige Tortur für uns." Von den Finanzen abgesehen, ist die Tour ein Erfolg. Pro Tag verschlingt die Produktion etwa 150.000 DM.

Ende November haben QUEEN wieder britischen Boden unter den Füßen. Während sie schon wieder auf ihre nächste Europa-Tournee warten, erreicht sie plötzlich die Nachricht vom tragischen Tod John Lennons.

Brian: "Wir waren alle völlig down. Wollten das fällige Konzert im Londoner Wembley absagen. Aber das konnten wir unseren Fans nicht antun." So erweisen sie dem Ex-Beatle auf andere Weise die letzte Ehre: Freddie stimmt während des Konzerts "Imagine" an. Ohne lange Ansagen ist dem Publikum klar, worum es geht.

1982

Neben Plattenaufnahmen und Tourneen haben die vier natürlich genug Zeit, hin und wieder auf eine Party zu gehen und sich zu amüsieren. So trifft Freddie eines Abends Prinz Andrew auf der Royal-Ballet-Party.

"Ich trug einen weißen Schal und hielt ein Glas Wein in der Hand, als ich Prinz Andrew vorgestellt wurde", erzählt Freddie. "Ich war allerdings so nervös, daß ich nicht bemerkte, daß mein Schal im Glas hing. Ich versuchte richtig cool zu wirken, als der Prinz plötzlich sagte 'Freddie, ich glaube, du möchtest nicht, daß er naß wird'. Er nahm den Schal und drückte ihn aus.

Das Eis zwischen uns war gebrochen. Ich antwortete 'Gottseidank, Sie sind unkompliziert. Jetzt kann ich endlich wieder schmutzige Wörter benutzen'. Wir brachen beide in lautes Gelächter aus."

Eine weitere LP wird am 23. Mai veröffentlicht. "Hot Space" ist anders als die Vorgänger-LP's und wohl die umstrittenste in der gesamten Bandgeschichte. Der Stil: funkig mit viel Bläsereinsatz, absolut auf den amerikanischen Markt zugeschnitten. Die Resonanz in Amerika ist positiv. Die Fachpresse und die Fans in Europa erteilen der neuen LP überwiegend eine deutliche Absage. Überhaupt beginnt mit dieser LP eher eine Zeit der musikalischen Orientierungslosigkeit. Dies wird sich eigentlich bis zu "The Miracle" im Jahr 1989 nicht verändern.

Dennoch ergattert "Hot Space" in den englischen Charts Platz 4, hält sich aber nur 19 Wochen. Die Singles aus dieser LP sind "Under Pressure" (UK-Charts #29) und "Body Language" (UK-Charts #25/ US- Charts #11).

Tourdaten sind wieder für das ganze Jahr geplant. Kein Wunder, denn im darauf folgendem Jahr wollen sie sich vom Live-Geschehen etwas ausruhen. Zwei Konzerte im Mai und Juni (London's Arsenal Football Ground und Manchaster's Old Trafford) müssen allerdings wegen einer zwar äußerst kuriosen, aber wahren Tatsache abgesagt werden.

Alle leihbaren, chemischen Toiletten sind ausgebucht, weil Papst Johannes Paul II. eine Rundreise durch verschiedene englische Städte unternehmen will. Das Londoner Konzert wird allerdings am 5. Juni im Milton Keynes Bowl nachgeholt und vom TV-Sender "Channel 4 T.V." aufgezeichnet.

Im Juli erreicht die ausgekoppelte Single "Las Palabras De Amor" (The Words Of Love) Platz 17 in den englischen Charts. In diesem Song geht es um den Falkland-Konflikt zwischen England und Argentinien.

Freddie nimmt Stellung: "Es sind unsere jungen Männer, die deren junge Männer umbringen. Es gibt dabei nichts zu verherrlichen." Als der Krieg beginnt, sind QUEEN immer noch die Nummer 1 in Argentinien!

Im August setzen sie ihre Tournee fort: Zuerst nach Amerika und im Herbst wieder nach Japan, wo sie am 3. November das letzte Konzert in diesem Jahr geben. Im Dezember bekommt die Band einen Eintrag im "Guinness Book Of Records" als "Englands bestbezahlteste Geldverwalter".

1983

Keine Live-Konzerte in diesem Jahr. QUEEN pausieren vom Tournee-Geschäft, und die einzelnen Musiker widmen sich in erster Linie ihren Solo-Projekten.

Brian: "Wir hingen uns zu dicht auf der Pelle und gingen uns in regelmäßigen Abständen auf die Nerven. Wir entschlossen uns zu einer Pause, um wieder Luft zum Atmen zu bekommen. Jeder sollte tun und lassen, wozu er Lust hatte, bis wir alle wieder neu motiviert waren und guten Gewissens zu QUEEN "zurückkehren" konnten. Bis August '83 haben wir nicht gearbeitet. Wir trafen uns zwar häufig und redeten viel, taten aber nichts. Wir beschlossen, daß unser nächstes Album in einem anderen Gemütszustand eingespielt werden sollte.

In dieser Zeit wollten wir uns auch von unserer alten Plattenfirma in Amerika trennen. Auch dieser Schritt war wichtig für Veränderung. Wir unterschrieben dann bei Capitol. Die waren ganz begeistert und hätten lieber heute als morgen ein neues Album auf dem Tisch gehabt. Aber für uns war das nicht so einfach. Wir sind und waren immer verschiedener Meinung. Jeder von uns ist ein Sturkopf. Aber weil wir demokratisch eingestellt sind, finden wir meistens eine für alle passable Entscheidung. Trennen wollten wir uns nicht, zuviele vor uns - bei den Beatles angefangen - haben diesen Fehler begangen. Egal, wie talentiert die einzelnen Musiker auch sind, als Gruppe sind sie meist besser als einzeln. QUEEN ist dafür ein gutes Beispiel. Auch wenn es oft Streitereien gibt, wir halten zusammen."

Natürlich hat Roger zu diesem Thema auch eine Meinung: "Nachdem wir durch Amerika, Europa und Japan getourt sind, waren wir total ausgelaugt. Wir brauchten einfach eine Pause. Die Überlegung hatte auch eine Menge mit der LP 'Hot Space' zu tun. Wir bekamen deutlich zu spüren, daß es nicht das war, was die Fans von uns erwartet hatten. Es war ein Experiment, aber manche Leute haben es gehaßt. Die LP verkaufte sich natürlich weitaus schlechter als alle Platten zuvor."

Freddie: "Ich habe immer geglaubt, wir würden etwa fünf Jahre bestehen. Aber es ging immer weiter, und inzwischen sind wir zu alt, um uns zu trennen. Mit 40 kann man keine neue Band mehr gründen, das wäre wirklich zu peinlich."

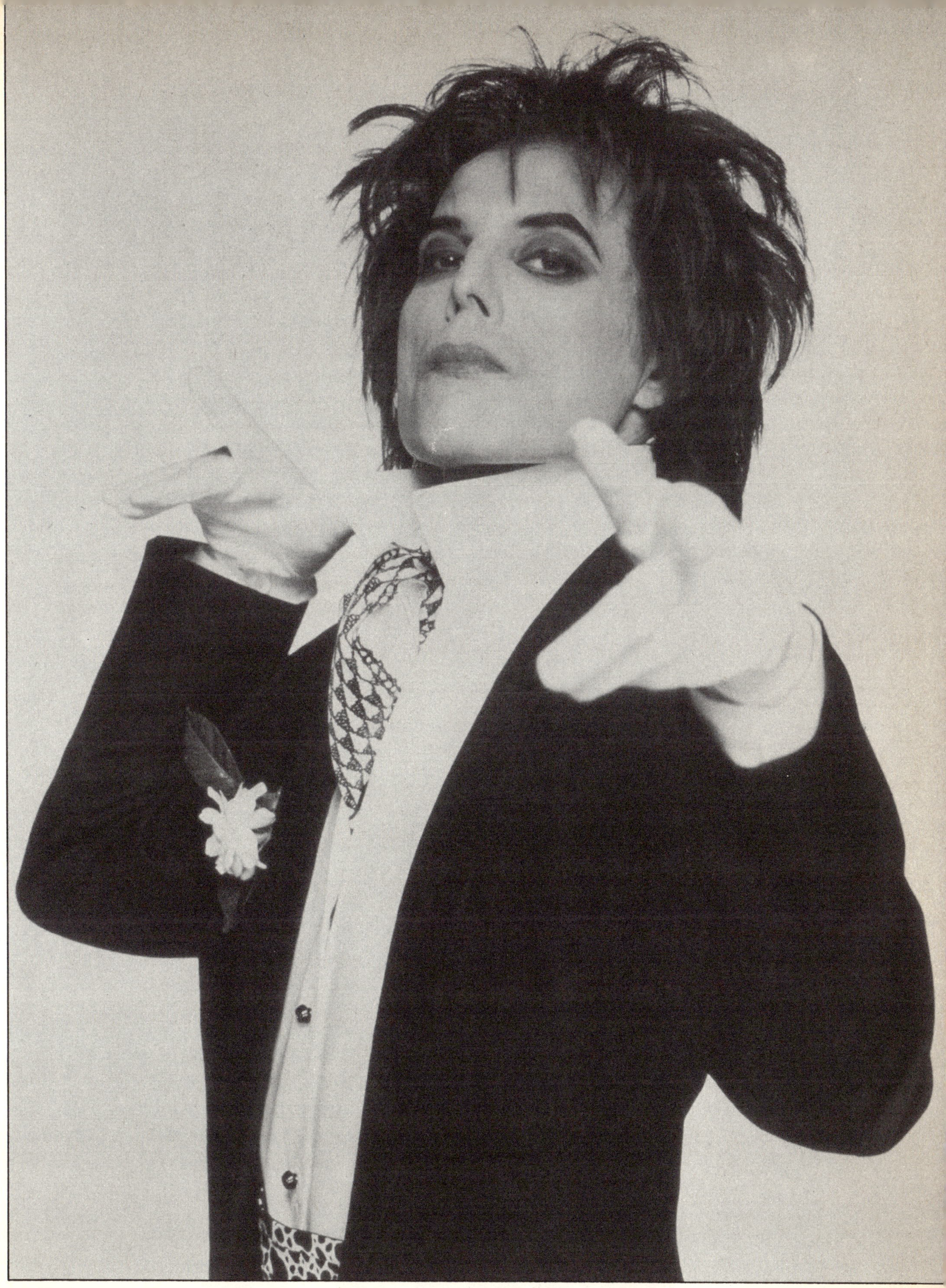

QUEEN

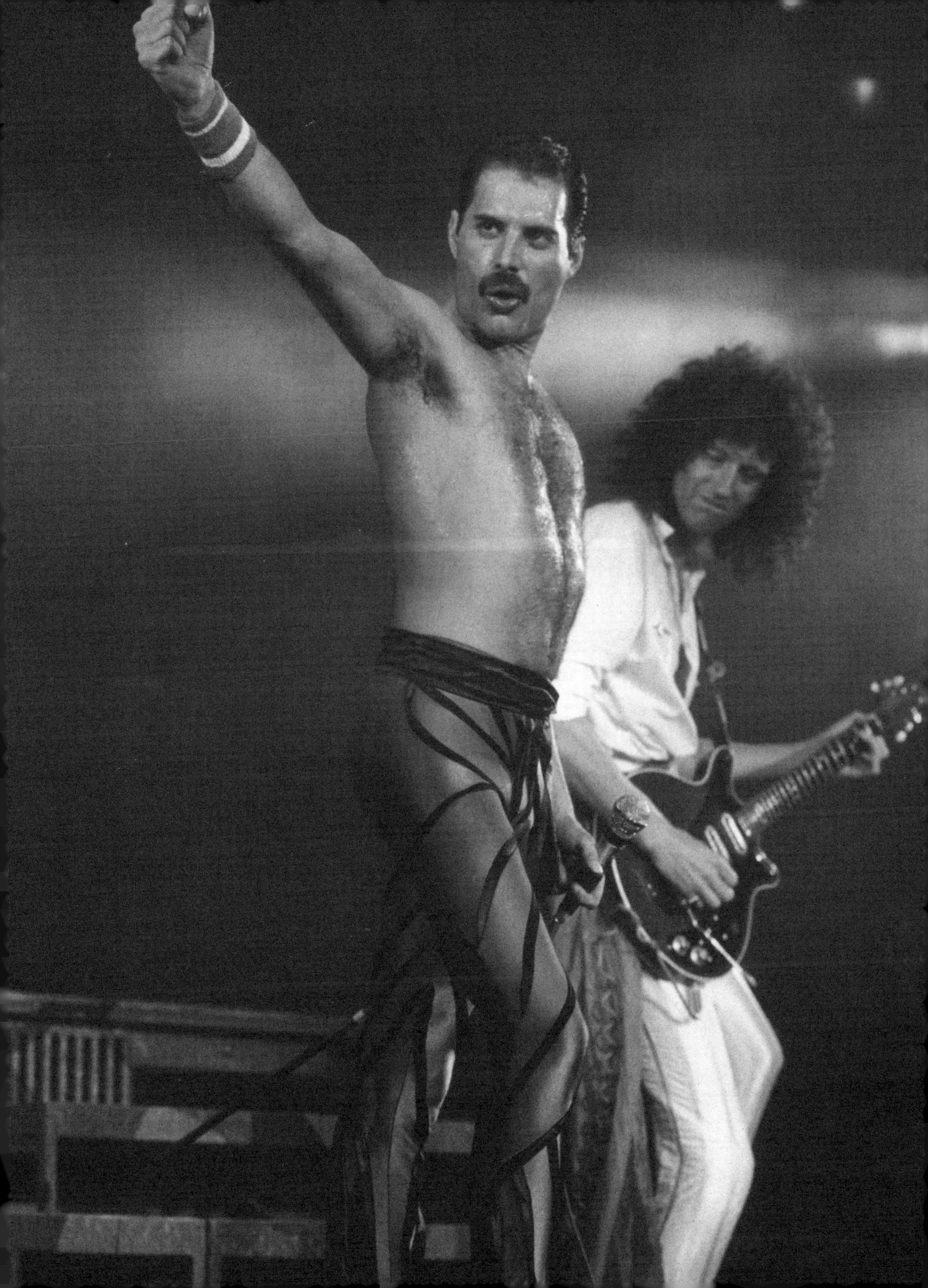

1984

Das erste, was in diesem Jahr passiert, ist die Veröffentlichung des Super-Hits "Radio Ga Ga". Die Idee zum Song liefert übrigens kein Geringerer als Roger Taylors Sohn Felix. "Als eines Tages Leute vom Radio zu mir nach Hause kamen, sagte mein dreijähriger Sohn plötzlich 'Radio Poo Poo'. Ich fand, das hörte sich gut an. Ich veränderte es ein wenig und kam auf 'Radio Ga Ga'. Nachdem ich mich drei Tage mit Synthesizer und Drum-Maschine im Studio eingeschlossen hatte, war der Song komplett", erzählt Roger.

Die Single hält sich 9 Wochen in den Charts und erreicht Platz 2. Das Video zu "Radio Ga Ga" enthält Ausschnitte aus dem bekannten Film "Metropolis" von Fritz Lang. Die freigewordenen Verwertungsrechte an dem Film erwarb der Produzent Giorgio Moroder. Er kolorierte den ursprünglich in schwarz/weiß gedrehten Film und stattete ihn mit einem Soundtrack aus.

Die Band darf zwar Ausschnitte aus dem Film benutzen, aber als Gegenleistung singt Freddie den von Moroder komponierten Song "Love Kills", den Moroder dann in seiner überarbeiteten Fassung von "Metropolis" benutzen darf.

Am 27. Februar wird die neue LP "The Works" veröffentlicht. Sie erreicht als höchste Plazierung Platz 2 in den Charts und hält sich dort 48 Wochen. Diese LP ist bereits "wieder ein Schritt in die richtige Richtung", meint die Musikpresse.

Sie wird zur meistverkauften LP nach "Greatest Hits". Brian zu "The Works": "Mir gefallen die harten Sachen am besten. Unsere neue LP ist viel härter, und dafür habe ich gekämpft. Die anderen waren meist dagegen, ich habe eben oft einen anderen Geschmack. Eigentlich bin ich wie ein kleiner Junge mit einer Gitarre, ich liebe die lauten Sachen. Das interessiert die anderen herzlich wenig, und ich muß mich unterordnen. Das Ergebnis ist dann jedesmal ein Kompromiß." Ehrliche Worte von Brian May, aus denen einmal mehr die - zumindest musikalischen - Differenzen bei QUEEN deutlich werden.

Zu einem weiteren Song aus dem neuen Album "I Want To Break Free" wird ebenfalls ein Video gedreht. Allerdings ist es weitaus anstößiger als das Video zu "Radio Ga Ga", entscheidet die "Fachwelt". MTV Amerika strahlt es beispielsweise nicht aus. Es zeigt die vier Musiker als verkleidete Frauen im Dekor der Seifenoper "Coronation Street".

Das Ganze ist Rogers Idee: "Ich war von allen epischen, ernsten Videos gelangweilt. Es mußte mal wieder was Lustiges sein." Freddie hat seine große Freude an dieser Verkleidungsarie und scheut sich nicht, auch auf der Bühne als Frau zu erscheinen. "Die Leute sollen über mein bisexuelles Bühnenoutfit denken, was sie wollen. Genau das ist es doch, was ich will, ich möchte mystisch sein", kokettiert Freddie.

Auch die Presse ist wieder in höchster Alarmbereitschaft und fragt erneut: Schwul - ja oder nein? Bekannt für direkte Statements antwortet Freddie der "Sun": "Oh yes, I'm gay. I've done that all." John Deacon unterstützt die Ironie und trägt deshalb bei späteren Konzerten ein T-Shirt mit der aufgedruckten Headline der "Sun": "Oh Yes, I'm gay. I've done that all."

Nach Konzerten in England und Europa reist die Band im Oktober zum ersten Mal nach Südafrika. Ab dem 5. Oktober treten sie gleich achtmal hintereinander in der bekannten "Sun City Super Bowl" in Botswana auf. Da die meisten Künstler Konzerte dort wegen der Apartheid boykottieren, lösen die QUEEN-Konzerte einen Sturm der Entrüstung aus. Doch die Band teilt diese Vorwürfe nicht.

Brian: "Wir haben über die moralische Seite dieser Tournee eine Menge nachgedacht. Aber wir sind keine politische Band. Wir spielen für jeden, der uns hören will. Speziell in Südafrika haben wir es nur für die Menschen getan."

John: "Wir erobern gern neue Länder. Wir sind dort sehr populär geworden. Schließlich wollen wir überall dort auftreten, wo die Fans uns hören wollen."

Auch Roger hat der öffentlichen Kritik einiges entgegenzusetzen: "Die Single "I Want To Break Free" ist eine inoffizielle Hymne der ANC- Bewegung Südafrikas und "Another One Bites The Dust" ist eine der bestverkauftesten Singles in der Geschichte der südafrikanischen Schwarzen."

1985

QUEEN geben in diesem Jahr für ihre Karriere sehr bedeutungsvolle Konzerte. Mitte Januar treten sie gleich zweimal beim "Rock In Rio"- Festival auf. Die Zahl der Zuschauer ist scheinbar nicht zu überbieten. QUEEN sind die Headliner auf dem weltgrößten Festival. Ihr Auftritt wird aufgezeichnet und als offizielles Video veröffentlicht. In den Video-Charts wird es sofort die Nummer Eins.

Nachdem sie Brasilien verlassen haben, touren sie noch durch Australien und Japan, bevor sie am 13. Juli im Londoner Wembley Stadion das Konzert des Jahres geben: das "Live Aid"- Festival, eine Idee von Bob Geldof. Wie viele andere Bands sollen auch QUEEN nur etwa 20 Minuten lang spielen. Trotzdem werden sie vom Publikum wie von der Presse als **die** Band des Tages gesehen.

Diese Einschätzung geht an QUEEN nicht ganz spurlos vorüber. John: "Es war einer dieser Tage, wo ich wiedermal stolz war, im Musik-Business tätig zu sein...." Roger: "Geldofs Idee war einfach toll. Er hatte dafür ganz einfache Motive." QUEEN beschließen, voll neuer Energie wieder richtig konzentriert zusammenzuarbeiten. Der Song "One Vision", der auch auf der nächsten LP erscheinen wird, ist ein erstes Ergebnis des neuen Enthusiasmus, denn es wurde gemeinsam komponiert. Veröffentlichungstermin ist der 5. November. Die Single schafft es auf Platz 7 der englischen Charts. Kurze Zeit später wird "The Complete Works", eine limitierte Edition mit allen bislang erschienenen QUEEN-Alben (außer "Greatest Hits") veröffentlicht. Alle Ausgaben enthalten zusätzlich zwei Booklets, ein Poster und die Raritäten-LP "Complete Vison". Die ersten 600 Boxen sind mit Original-Autogrammen von QUEEN versehen.

Drei weitere nennenswerte Begebenheiten passieren am Ende des Jahres:

Erstens, QUEEN werden erneut nach "Sun City" eingeladen. Sie lehnen diesmal aber ab und lassen durch eine offizielle Pressemitteilung verkünden, "daß sie absolut gegen Apartheid sind".

Zweitens, Russell Mulcahy will einen Soundtrack für seinen ersten Zukunfts-Film "Highlander" aufnehmen und beteuert in einem Interview, "dabei sofort an QUEEN gedacht zu haben". Eins der Ergebnisse ist eine QUEEN-Interpretation des Welthits "New York, New York".

Drittens, Freddie sorgt für Schlagzeilen, weil er in der Öffentlichkeit mit der deutschen Schauspielerin Barbara Valentin gesehen wurde. Dazu Freddie: "Barbara und mich verbindet sehr viel. Mehr, als mich jemals mit einem Liebhaber seit sechs Jahren verband. Bei ihr kann ich sein, wie ich wirklich bin."

1986

Am 17. März kommt die Single "A Kind Of Magic" (B-Seite:"A Dozen Red Roses For My Darling") heraus. Beide Stücke wurden für den Film "Highlander" geschrieben. Die Single erreicht Platz 6 in den Charts.

Am 21. Mai folgt die LP "A Kind Of Magic" und klettert im Juni auf den ersten Platz der Charts. Die zweite Single aus dieser LP heißt "Friends Will Be Friends", sie erreicht Platz 14.

Im Juni geht die Band wieder auf Tournee. Am 9. Juli spielen sie ihren ersten England-Gig in diesem Jahr. Das Konzert findet im "St.James Park" in Newcastle statt, und den gesamten Erlös des Auftritts spenden sie dem "International Save The Children Fund". Die Tickets für diesen Gig sind innerhalb einer Stunde ausverkauft.

Am 11. und 12. Juli treten sie im Londoner Wembley Stadion auf. Auch diese Konzerte sind restlos ausverkauft. 180 Minuten lang hörte das ganze Stadion auf Freddies Kommando. Am größten war der Jubel, als er verkündete "überall hört man Gerüchte, daß QUEEN sich trennen. Aber das ist eine komplette Lüge und ihr sollt die ersten sein, die das erfahren..."

Das ganze Spektakel wurde vom Fernsehen aufgezeichnet. Die Freude daran, als erste neue Wege zu beschreiten, führt die Band in diesem Jahr auf eine Tour hinter den "eisernen Vorhang". 80.000 Zuschauer versammeln sich in ganz Osteuropa, um die erste Rockband zu hören, die dort in einem Stadion auftreten darf.

Der 27. Juli ist der historische Tag, an dem QUEEN im "Nepstadion" in Budapest auf der Bühne stehen. Das ungarische Fernsehen fertigt in Zusammenarbeit mit QUEEN-FILMS einen Mitschnitt an, der in Osteuropa als erste Konzertaufzeichnung in voller Länge in den Kinos gezeigt wird.

Am 9. August führt sie ihre "Magic Tour" zurück nach England. Ihr letzter Live-Auftritt und bis heute außerdem ihr größtes Konzert, das sie jemals in England gegeben haben, findet im "Knebworth Park" statt.

120.000 Zuschauer pilgern an diesem Tag zu QUEEN. Insgesamt kommen auf der Magic-Tour, die 26 Auftritte in 8 europäischen

Ländern umfaßt, über eine Million Menschen in den Genuß, "ihre" Band live zu erleben. Die mitreißende Stimmung dieser letzten Tournee spiegelt die LP "Live Magic" wider, die im Dezember veröffentlicht wird und sofort Platz 3 in den Charts erreicht.

1987

Für hervorragende Leistungen auf dem Live-Sektor der britischen Musik-Szene während des vergangenen Jahres innerhalb der britischen Musik-Szene, erhält QUEEN den "Ivor Novello Award". Eine exzellente Position belegen sie auch in den Video-Charts. Unter den englischen Top 20 sind allein fünf QUEEN-Videos. Ende des Jahres wird eine dreiteilige Video-Dokumentation unter dem Namen "Magic Years" veröffentlicht. Darauf haben die beiden Produzenten Hannes Rossacher und Rudi Dolezal die gesamte QUEEN-Geschichte anschaulich dargestellt.

Überwiegend gehen die vier in diesem Jahr verstärkt ihren Solo-Aktivitäten nach. Freddie macht seinen alten Traum wahr, er trifft die Operndiva Montserrat Caballe und schreibt einen Song über ihre Heimat "Barcelona". Als die gleichnamige Single in Spanien veröffentlicht wird, verkaufen sich innerhalb von drei Stunden über 10.000 Exemplare. Außerdem veröffentlicht Freddie eine Coverversion des "Platters"-Songs "A Great Pretender".

Im August realisiert Roger den Wunsch nach einer eigenen Band und ruft "The Cross" ins Leben. Mit dieser Formation will er die "Ruhepause" bei QUEEN überbrücken. Brian hilft derweil der jungen Schauspielerin Anita Dobson, die ihre musikalischen Ambitionen weiter ausbauen möchte.

1988

Freddie, Brian, Roger und John konzentrieren sich weiterhin auf ihre Solo-Projekte. Roger Taylor veröffentlicht mit der Formation "The Cross" das Debüt-Album "Shove It", das nur Platz 58 in den Charts erreicht. Eine kleine Tour durch Clubs und Universitäten schließt sich an.

Freddie und Montserrat Caballe treten zusammen bei den Feierlichkeiten in Barcelona auf, die anläßlich der Begrüßung der aus Seoul kommenden olympischen Flagge stattfinden. Sie singen drei Stücke aus ihrem gemeinsamen Album "Barcelona", das im Oktober in England veröffentlicht wird und Platz 25 in den Charts erreicht. In diesem Jahr geht für QUEEN auch die Arbeit im Studio weiter. Eine neue LP ist geplant.

1989

"The Miracle" heißt die sechzehnte QUEEN-LP, die in diesem Jahr am 22. Mai veröffentlicht wird und weltweit Anerkennung findet. Insider befinden, daß die neue LP endlich wieder alte QUEEN-Qualität bietet, die seit der 84er LP "The Works" deutlich vermißt wurde. In den Charts belegt die LP sofort Platz eins. "The Miracle" ist das erste Album, das den Aufdruck "Composed by QUEEN" erhält. Es ist die erste LP, die alle vier gemeinsam komponiert haben. Fünf Singles werden aus dieser Platte ausgekoppelt, die in fast allen Ländern der Welt erscheinen: "I Want It All", "Break Thru", "The Invisible Man", "Scandal" und "The Miracle". Auch der Titelsong des Albums wird als Video produziert. Darin spielen neben den QUEEN-Musikern vier Kinder mit, die ihre Ebenbilder darstellen. Ganze drei Monate brauchte man dazu, sie in England aufzuspüren. Der QUEEN-Titel "Who Wants To Live Forever", der auf der LP "A Kind Of Magic" enthalten ist, wird neu aufgenommen. Die Einnahmen aus dem Verkauf der Single spendet Brian an einen Verein für an Leukämie erkrankte Kinder. Auch an dem in diesem Jahr stattfindenden "Rock Aid Armenia-Projekt" beteiligen er und Roger sich. Der Erlös geht an die Erdbebenopfer in Armenien.

1990

1990 bleibt für Deutschland ein Jahr ohne QUEEN-LP. In England allerdings wird das Album "Queen At The Beeb" veröffentlicht. Als CD ist es auch in England und Japan erhältlich. Es enthält Stücke der ersten beiden LP's "Queen" und "Queen II", jedoch völlig andere Versionen, sogenannte "Demos" oder "First Takes".

Im Februar erhält QUEEN den "Award For Outstanding Contribution", die höchste Auszeichnung, die die englische Plattenindustrie zu vergeben hat. Außerdem begeben sie sich ins Studio, um an ihrer 17. LP zu arbeiten. Das gemeinsame Komponieren wird fortgesetzt und führt, wie im nächsten Jahr hörbar, zu großem Erfolg. "Innuendo" wird in den Metropolis Studios in London und den Mountain Studios in Montreux eingespielt. David Richards steht als Produzent zur Seite.

Der amerikanische Vertrag der Band mit Capitol Records endet im September. Von diesem Moment an übertragen sie ihren gesamten Katalog an die erst kürzlich gegründete amerikanische Plattenfirma "Hollywood Records" und mehr noch: der neue, hochdotierte Vertrag umfaßt die Veröffentlichung von insgesamt fünf weiteren QUEEN-LP's. "Innuendo" ist die erste. Vier sind also noch zu erwarten. Queen verlängern ihren, seit beinahe zwanzig Jahren bestehenden Vertrag mit dem Verlag EMI London.

1991

Am 4. Februar wird "Innuendo" veröffentlicht. Die LP wird von den Fans und der Musikpresse mit Begeisterung aufgenommen. In Finnland, Holland, Italien, Portugal, Deutschland und der Schweiz ist sie auf Platz 1 in den Charts. In Amerika wird sie zwei Monate nach Veröffentlichung bereits vergoldet. Zwanzig Jahre gemeinsamer Arbeit gipfeln in diesen Songs. Die Single "Innuendo" wurde kurz zuvor veröffentlicht und ging ebenfalls sofort in die Charts. In den USA gibt es diese Single nicht (nur als CD-Single für Promotion-Zwecke), vermutlich wegen der deutlichen Anspielungen auf den Iran/Irak-Konflikt im Text des Stückes. Stattdessen wird die Hardrock-Nummer "Headlong" zur US-Single. Die zweite Single-Auskopplung - ebenfalls nicht in Amerika veröffentlicht - ist "I'm Going Slightly Mad".

Die Vermutungen, daß Freddie Mercury an AIDS erkrankt ist, bestehen seit langem, und die Spekulanten, die diese erahnen, verbreiten ihre Befürchtungen zahlreich und medienwirksam. Freddie bestätigt und dementiert diese Gerüchte nicht. Er schafft es, diese schreckliche Wahrheit seit 1986 geheimzuhalten. Nur die engsten Freunde wissen wirklich, wie es um ihn steht. In schlechter körperlicher und psychischer Verfassung setzt Freddie am 23. November 1991 die Öffentlichkeit mit einer offiziellen Erklärung über seine Erkrankung in Kenntnis:

"Nach der enormen Anzahl von Mutmaßungen in der Presse, speziell in den letzten zwei Wochen, möchte ich hiermit bestätigen, daß mein HIV-Test positiv ausgefallen ist und ich AIDS habe. Bis jetzt habe ich es für richtig empfunden, dies für mich zu behalten, um meine Privatsphäre und die der mir Nahestehenden zu schützen. Jedoch ist nun die Zeit für meine Freunde und Fans rund um die Welt gekommen, die Wahrheit zu erfahren, und ich hoffe, daß sich weltweit alle am Kampf gegen diese schreckliche Krankheit mit mir und meinen Ärzten beteiligen werden."

Einen Tag nach dieser deprimierenden, jedoch auch ein wenig hoffnungsvoll klingenden Botschaft, in der Nacht zum 24. November 1991, stirbt Freddie Mercury im Alter von 45 Jahren in seiner Villa im Londoner Stadtteil Kensington. Todesursache ist eine Lungenentzündung, die durch seine AIDS-Erkrankung ausgelöst wurde. Eine der größten Pop-Legenden ist tot. Die Medien reagieren mit seitenlangen Berichten und Aufzeichnungen von QUEEN-Konzerten, senden fast rund um die Uhr QUEEN-Videos. Fans auf der ganzen Welt trauern um ihr Idol und verwandeln in kürzester Zeit Wege und Straßen rund um Freddies Villa in ein Blumenmeer. Die Tatsache, daß Freddie um seinen nahenden Tod wußte, erlaubte ihm, seine Beerdigung nach seinen eigenen Wünschen und seinem Geschmack "vorzuplanen". Die 25-minütige Trauerfeier findet im engsten Freundeskreis statt und wird nach dem persischen zoroastristischen Ritual, in dessen Mittelpunkt der Feuerkult steht, abgehalten. Während sein Sarg zum Einäschern ins Krematorium getragen wird, ist der Song "You've Got a Friend" in der Version von Soul-Star Aretha Franklin zu hören.

Seine Kollegen Brian May, Roger Taylor und John Deacon sind sich einig, daß es niemals eine Möglichkeit gibt, Freddie Mercury zu ersetzen. Das Projekt QUEEN ist mit Freddies Tod nach zwanzig Jahren abgeschlossen. Anläßlich seines Todes erklären die drei Musiker: "Wir haben den größten und beliebtesten Angehörigen unserer Familie verloren. Wir empfinden überwältigenden Kummer darüber, daß er von uns gegangen ist. Wir sind stolz über seinen unerschrockenen Weg, den er zu leben und zu sterben einschlug. Es war ein Privileg für uns, mit ihm diese magischen Zeiten zu teilen. Sobald wir wieder in der Lage sind, werden wir eine Feier für Freddie geben, und zwar in dem Stil, wie er es gewohnt war.

The Show Must Go On...

Für die freundliche
Unterstützung

"special thanks" to Jan Garich, EMI Germany. Ein besonderer Dank für fachkundige Beratung an: Andreas Voigts und Ernst Paul, Queen-Cross Fan-Club Deutschland und Christopher Brosch.

Quellennachweis:

*Queen - A Visual Documentary
By Ken Dean,*
London 1986

*The Official International
Queen Fan Club Biographie,*
London 1989

Guiness Book Of Rock Stars,
London 1989

Queen - The Complete Works,
London 1985

*Queen - Tour Itinerary
The World: 1971 - 1985,*
London 1985

*FCZ - Das Queen-Cross-
Magazin für Fans* Nr.3,
Jan.-März '91

Queen - Discographie

(jede LP auch als CD)

LP: Queen (1973)
Keep Yourself Alive - Doing Alright - Great King Rat - My Fairy King - Liar - The Night Comes Down - Modern Times Rock & Roll - Son And Daughter - Jesus - Seven Seas Of Rhye (Instrumental)

Single: **Keep Yourself Alive/ Son and Daughter** (1973)

LP: Queen II (1973)
Procession - Father To Son - White Queen (As It Began) - Some Day One Day - The Loser In The End - Ogre Battle - The Fairy Fellers Master Stroke - Nevermore - March Of The Black Queen - Funny How Love Is - Seven Seas Of Rhye

Single: **Seven Seas Of Rhye/ See What A Fool I've Been** (1974)

LP: Sheer Heart Attack (1974)
Brighton Rock - Killer Queen - Tenement Funster - Flick Of The Wrist - Lily Of The Valley - Now I'm Here - In The Lap Of The Gods - Stone Cold Crazy - Dear Friends - Misfire - Bring Back That Leroy Brown - She Makes Me (Stormtrooper in Stilletoes) - In The Lap Of The Gods (Revisited)

Single: **Killer Queen/ Flick Of The Wrist** (1974)
Single: **Now I'm Here/ Lily Of The Valley** (1975)

LP: A Night At The Opera (1975)
Death On Two Legs (Dedicated to...) - Lazing On A Sunday Afternoon - I'm In Love With My Car - You're My Best Friend - '39 - Sweet Lady - Seaside Rendevouz - The Prophet's Song - Love Of My Live - Good Company - Bohemian Rhapsody - God Save The Queen

Single: **Bohemian Rhapsody/ I'm In Love With My Car** (1975)
Single: **You're My Best Friend / '39** (1976)

LP: A Day At The Races (1976)
Tie Your Mother Down - You Take My Breath Away - Long Away - The Millionaire Waltz - You And I - Somebody To Love - White Man - Good Old Fashioned Lover Boy - Drowse - Teo Torriatte (Let Us Cling Together)

Single: **Somebody To Love/ White Man** (1976)
Single: **Tie Your Mother Down/ You And I** (USA/Japan: Drowse)(1977)
Single: **First E.P.** - Good Old Fashioned Lover Boy/Death On Two Legs/ Tenement Funster/White Queen (1977)
Single: **Long Away/ You And I** - nur USA - (1977)
Single: **Teo Torriatte / Good Old Fashioned Lover Boy** - nur Japan- (1977)

Limitierte Sonderauflage:
LP in weißem Vinyl (Japan)
LP in grünem Vinyl (Japan/Frankreich)

LP: News Of The World (1977)
We Will Rock You - We Are The Champions - Sheer Heart Attack - All Dead All Dead - Spread Your Wings - Fight From The Inside - Get Down Make Love - Sleeping On The Sidewalk - Who Needs You - It's Late - My Melancholy Blues

Single: **We Are The Champions/ We Will Rock You** (1977)
Single: **Spread Your Wings/Sheer Heart Attack** - nicht USA/Japan - (1978)
Single: **It's Late/Sheer Heart Attack** - nur USA/Japan -(1978)

Limitierte Sonderauflage:
LP in grünem Vinyl (Frankreich)

LP: Jazz (1978)
Mustapha - Fat Bottomed Girls - Jealousy - Bicycle Race - If You Can't Beat Them - Let Me Entertain You - Dead On Time - In Only Seven Days - Dreamers Ball - Fun It - Leaving Home Ain't Easy - Don't Stop Me Now - More Of That Jazz

Single: **Bicycle Race/ Fat Bottomed Girls** (1978)
Single: **Don't Stop Me Now/ In Only Seven Days** (USA/Japan: More Of That Jazz 1979)
Single: **Mustapha/Dead On Time** - Deutschland/Spanien/Portugal- (1979)
Single: **Jealousy/Fun It**-nur USA -(1979)

Limitierte Sonderauflage:
LP als Picture Disc - 2 Versionen
Frankreich **Don't Stop Me Now** (Single) rotes Vinyl und grünes Vinyl (beide USA)

Doppel LP: Live Killers (1979)
We Will Rock You (schnell) - Let Me Entertain You - Death On Two Legs/Killer Queen/Bicycle Race/I'm In Love With My Car/Get Down Make Love/You're My Best Friend - Now I'm Here - Dreamers Ball - Love Of My Life - Keep Yourself Alive . Don't Stop Me Now - Spread Your Wings -Brighton Rock - Mustapha (kurz) - Bohemian Rhapsody - Tie Your Mother Down - Sheer Heart Attack - We Will Rock You (normal) - We Are The Champions - God Save The Queen

Single: **Love Of My Life/ Now I'm Here** (1979)

Single: **We Will Rock You/Let Me Entertain You** - nur Japan- (1979)

Limitierte Sonderauflage: LP/1 in rotem, LP/2 in grünem Vinyl (Japan)

LP: The Game (1980)
Play The Game - Dragon Attack - Another One Bites The Dust - Need Your Loving Tonight - Crazy Little Thing Called Love - Rock It (Prime Jive) - Don't Try Suicide - Sail Away Sweet Sister - Coming Soon - Save Me

Single: **Crazy Little Thing Called Love/ We Will Rock You** (live) (USA/ Japan: Spread Your Wings (live) (1979))

Single: **Save Me/ Let Me Entertain You**
(live) (Japan : Sheer Heart Attack (live) -
nicht USA - (1980))
Single: **Play The Game /A Human Body**
Single: **Another One Bites The Dust/Dragon
Attack** (USA/Japan: Don't Try Suicide) (1980)
Single: **Need Your Loving Tonight/
Rock It** (Prime Jive) - nur Japan - (1980)
Maxi-Single: **Crazy Little Thing Called
Love/We Will Rock You** (live) (1979)
Maxi-Single: **Another One Bites The
Dust/Dragon Attack** (USA: Don't Try Suicide)
(1980)

Limitierte Sonderauflage:
Crazy Little Thing Called Love (Single)
in rotem Vinyl (USA)

LP: **Flash Gordon** (1980)
*Flash's Theme - In The Space Capsule
(The Love Theme) - Ming's Theme - The
Ring (Hypnotic Seduction Of Dale) - Football Fight - In The Death Cell - Execution
Of Flash - The Kiss (Aura Resurrects Flash)
- Arboria (Planet Of The Tree Man) - Escape From The Swamp - Flash To The Rescue- Vultan's Theme - Battle Theme - The
Wedding March - Marriage Of Dale &
Ming (And Flash Approaching) - Crash
Drive On Mingo City - Flash's Theme Reprise (Victory Celebrations) - The Hero*

Single: **Flash/Football Fight**

LP: **Greatest Hits** (1981)
*Bohemian Rhapsody - Another One Bites
The Dust - Killer Queen - Fat Bottomed
Girls - Bicycle Race - You're My Best
Friend - Don't Stop Me Now - Save Me -
. Crazy Little Thing Called Love - Somebody To Love - Now I'm Here - Good Old
Fashioned Lover Boy - Play The Game -
Flash - Seven Seas Of Rhye - We Will Rock
You - We Are The Champions*
Die erste Auflage hat ein rotes Cover mit
goldenem Schriftzug (nur Deutschland).
Die zweite Auflage hat das weltweit reguläre, nur noch erhältliche Cover mit
Foto und enthält "Under Pressure" zusätzlich als letztes Lied.

Bemerkung: Die Auswahl der Lieder ist von
Land zu Land meistens etwas unterschiedlich. Teilweise sind auch die Cover anders.
Wichtiges Beispiel: -In Bulgarien sowohl
als Doppel-LP als auch in zwei Versionen
als Einzel-LP (1.Version: 12 Lieder. Die 2.Version hat 19 Lieder und ein Live-Cover.)

Limitierte Sonderauflage:
LP als Picture Disc (Bulgarien/Live Cover)

LP: **Hot Space** (1982)
*Staying Power - Dancer - Back Chat -
Body Language - Action This Day - Put
Out The Fire - Life Is Real (Song For Lennon) - Calling All Girls - Las Palabras De
Amor (The Words Of Love) - Cool Cat -
Under Pressure (mit David Bowie)*

Single: **Under Pressure** (mit David Bowie)/
Soul Brother (1981)
Single: **Body Language/
Life Is Real (Song For Lennon)** (1982)
Single: **Las Palabras De Amor/
Cool Cat** - nicht USA/Japan- (1982)
Single: **Back Chat/Staying Power**
(Japan: Las Palabras De Amor) (1982)
Single: **Calling All Girls/
Put Out The Fire** - nur USA - (1982)
Single: **Staying Power/
Calling All Girls** - nur Japan - (1982)
Maxi Single: **Under Pressure** (mit David
Bowie)/**Soul Brother** (1981)
Maxi Single: **Body Language/
Life Is Real** (1982)
Maxi Single: **Back Chat (extended)/
Staying Power** (1982)

LP: **The Works** (1984)
*Radio Ga Ga - Tear It Up - It's A Hard Life
- Man On The Prowl - Machines (Or"Back
To Humans") - I Want To Break Free - Keep
Passing The Open Windows - Hammer To
Fall - Is This The World We Created?*

Single: **Radio Ga Ga/I Go Crazy** (1984)
Single: **I Want To Break Free (Remix) /
Machines**

Single: **It's A Hard Life/
Is This The World We Created?** (1984)
Single: **Hammer To Fall/ Tear It Up**
Single: **Thank God It's Christmas/
Man On The Prowl/Keep Passing - The
Open Windows** - nicht USA - (1984)
Maxi Single: **Radio Ga Ga**(extended
& instrumental)/**I Go Crazy** (1984)
Maxi Single: **I Want To Break Free** (extended & instrumental)/**I Go Crazy** (1984)
Maxi Single: **I Want To Break Free** (extended)/**Machines** (1984)
Maxi Single: **It's A Hard Life** (extended &
Single)/**Is This The World We Created?** (1984)
Maxi Single: **Hammer To Fall** (extended)/**Tear It Up** (1984)
Maxi Single: **Thank God It's Christmas/
Man On The Prowl**(extended)/
Keep Passing The Open Windows (extended) - nicht USA (1984)

Limitierte Sonderauflage:
Single: **I Want To Break Free**
in 4 verschiedenen Covern, die je ein Portrait-Photo eines Bandmitglieds zeigen
(England und USA)
Maxi Single: **It's A Hard Life**
als Picture Disc (England)
Maxi-Single: **Hammer To Fall**
im Live-Cover (England)

LP: **A Kind Of Magic** (1986)
*One Vision - A Kind Of Magic - One Year
Of Love - Pain Is So Close To Pleasure -
Friends Will Be Friends - Who Wants To Live
Forever - Gimme The Prize (Kurgan's Theme)
- Don't Lose Your Head - Princess Of The
Universe Bonus Tracks auf der CD: A Kind Of
Magic - Friends Will Be Friends - Forever*

Single: **One Vision/Blurred Vision** (1985)
Single: **A Kind Of Magic/
A Dozen Red Roses For My Darling**
(USA: Gimme The Prize) (1986)
Single: **Friends Will Be Friends/
Seven Seas Of Rhye** - nicht USA - (1986)
Single: **Who Wants To Live Forever/
KillerQueen** - nichtUSA/Japan - (1986)
Single: **Pain Is So Close To Pleasure/
Don't Lose Your Head** - nicht Japan - (1986)

Single: **Princess Of The Universe** (1986)
   B-Seite: **A Dozen Red Roses For My Darling** - nur USA
   B-Seite: **Gimme The Prize** -nur Australien-
   B-Seite: **Who Wants To Live Forever** -nur Japan
Single: **One Year Of Love/Gimme The Prize** - nur Frankreich/Spanien - (1986)
Maxi Single: **One Vision** (extended)/**Blurred Vision** (extended) (1985)
Maxi Single: **A Kind Of Magic** (extended)/**A Dozen Red Roses For My Darling** (USA: Gimme the Prize) (1986)
Maxi Single: **Friends Will Be Friends** (extended & Single)/ **Seven Seas Of Rhye** (1986)
Maxi Single: **Who Wants To Live Forever** (Single & LP)/ **Killer Queen/Forever** (1986)
Maxi Single: **Pain Is So Close To Pleasure** (extended)/**Don't Lose Your Head** - nicht überall in Europa - (1986)
Maxi Single: **One Year Of Love/Gimme The Prize** - nur Frankreich & Spanien - (1986)
Maxi Single: **Princess Of The Universe/A Dozen Red Roses For My Darling** -nur USA - (1986)
Limitierte Sonderauflage:
LP in orangefarbenem Vinyl (Neu Seeland)
LP in rotem Vinyl (Neu Seeland)
LP in blauem Vinyl (Kolumbien)
Maxi: **One Vision** - in PVC-Cover (England)
Maxi: **One Vision** - mit bedrucktem Innencover (England)
Maxi: **A Kind Of Magic** - als Picture Disc (England)
Single: **Friends Will Be Friends** - als Picture Disc (England)

LP: **Live Magic** (1986)
One Vision - Tie Your Mother Down - Seven Seas Of Rhye - A Kind Of Magic - Under Pressure - Another One Bites The Dust - I Want To Break Free - Is This The World We Created? - Bohemian Rhapsody - Hammer To Fall - Radio Ga Ga - We Will Rock You - Friends Will Be Friends - We Are The Champions - God Save The Queen - Hammer To Fall/Crazy Little Thing... auf der LP gekürzt
Limitierte Sonderauflage:
LP in rotem Vinyl (Neu Seeland)

Ab 1989
jede Single auch als Cass - Single (MC) erhältlich - England
Japan: keine Singles / Maxi Singles / LP's (nur CD's)

LP: **The Miracle** (1989)
Party - Kashoggi's Ship - The Miracle - I Want It All - The Invisible Man - Breakthru - Rain Must Fall - Scandal - My Baby Does Me - Was It All Worth It
Bonus-Tracks auf der CD: *Hang On In There - Chinese Torture - The Invisible Man (extended)*
Single: **I Want It All/ Hang On In There** (1989)
Single: **Breakthru/Stealin'** (1989)
Single: **The Invisible Man/ Hyjack My Heart** (1989)
Single: **Scandal/ My Life Has Been Saved** (1989)
Single: **The Miracle/Stone Cold Crazy** (live) - nicht USA - (1989)
Maxi Single: **I Want It All** (LP & Single)/ **Hang On In There** (1989)
Maxi Single: **Breakthru** (extended & Single)/**Stealin'** (1989)
Maxi Single: **The Invisible Man** (extended & Single)/**Hyjack My Heart** (1989)
Maxi Single: **Scandal** (extended & Single)/**My Life Has Been Saved** (1989)
Maxi Single: **The Miracle/ Stone Cold Crazy** (live)/**My Melancholy Blues** (live) - nicht USA - (1989)
3" CD Single: **I Want It All** (wie Single) - England / Japan
3" CD Single: **The Invisible Man** (wie Maxi) - reguläre Ausgabe -
3" CD Single: **Scandal** (wie Maxi) - reguläre Ausgabe -
3" CD Single: **The Miracle** (wie Maxi) - reguläre Ausgabe -
5" CD Single: **I want It All** (wie Maxi) - reguläre Ausgabe -
5" CD Single: **Breakthru** (wie Maxi) - reguläre Ausgabe -
5" CD Single: **The Invisible Man** (wie Maxi) - England
5" CD Single: **Scandal** (wie Maxi) - England
5" CD Single: **The Miracle** (wie Maxi) - England

5" CD Single: **Scandal/My Live Has Been Saved/Hyjack my heart/Stealin'** - nur USA -
Bemerkung: CD Singles nur in Europa, außer wenn anders vermerkt.
Limitierte Sonderausgabe:
5"CD: **I Want It All** als Picture Disc
Single: **Breakthru** als Picture Shape Disc
Single: **Breakthru** als Uncut Shape Disc
Single: **The Invisible Man** in klarem Vinyl,
Maxi: **The Invisible Man** in klarem Vinyl,
Single: **Scandal** im Poster-Cover
Maxi: **Scandal** einseitig bespielt - Seite 2 hat Laser-"imprägnierte" Autogramme
Single: **The Miracle** im Hologramm-Cover
Maxi: **The Miracle** mit Bonus-Farb-Druck
(alles englische Ausgaben)

LP: **Queen At The Beeb** (1990)
My Fairy King - Keep Yourself Alive - Doing Alright - Liar - Ogre Battle - Great King Rat - Modern Times Rock & Roll - Son And Daughter

Bemerkung: Veröffentlicht nur in England als LP. Als CD ebenfalls veröffentlicht (nur England & Japan)
Einzige nicht von der "EMI" veröffentlichte Queen-LP. Alles Lieder von den ersten beiden LP's, jedoch andere Versionen (sogenannte "Demos" oder "First Takes")

LP: **Innuendo** (1991)
Innuendo - I'm Going Slightly Mad - Headlong - I Can't Live With You - Don't Try So Hard - Ride The Wild Wind - All God's People - These Are The Days Of Our Lives - Delilah - The Hitman - Bijou - The Show Must Go On

Bemerkung: Die hier genannte Reihenfolge der Lieder ist die auf der CD. Auf der LP sind die gleichen Lieder (in anderer Reihenfolge) teilweise in gekürzter Fassung.

Doppel-LP: **Greatest Hits II** (1991)
Single: **Innuendo/Bijou** - nicht USA - (1991)
Single: **I'm Going Slightly Mad / The Hitman** - nicht USA - (1991)
Single: **Headlong/All God's People** (1991)
Single: **The Show Must Go On / Keep Yourself Alive** (1991)
Maxi Single: **Innuendo** (Explosive & LP) - nicht USA - (1991)
Maxi Single: **I'm Going Slightly Mad/The Hitman/Lost Opportunity** - nicht USA - (1991)
Maxi Single: **Headlong/All God's People/ Mad The Swine** (1991)
Maxi Single: **The Show Must Go On / Las Palabras De Amore / Keep Yourself Alive / Queen Talks** (1991)
5"CD Single: **Innuendo** (wie Maxi) - USA hat andere B-Seite - (1991)
5"CD Single: **I'm Going Slightly Mad** (wie Maxi) - nicht USA - (1991)
5"CD Single: **Headlong / Bijou** - nur USA - (1991)
5"CD Single: **Headlong/All God's People/ Mad The Swine** (1991)
5"CD Single: **The Show Must Go On / Keep Yourself Alive / Queen Talks / Body Language** (1991)

Limitierte Sonderauflage:
CD in Box mit Kalender - Deutschland
Maxi: **Innuendo** als Picture Disc - England
Maxi: **Innuendo** in klarem Vinyl - England
Maxi: **Innuendo** in weißem Vinyl - England
Single: **I'm Going Slightly Mad** als Picture Shape Disc - England
Maxi-Single: **I'm Going Slightly Mad** im Klappcover - England

LUXUS-PRÄSENTATIONEN

Queen: The 3" CD-Singles
12 3" CD-Singles in einer Ledermappe, limitiert auf 555 numerierte Kopien. Hierbei handelt es sich um 1988 nachträglich veröffentlichte CD-Singles, die auch einzeln erhältlich sind.:

Seven Seas Of Rhye / See What A Fool I've Been / Funny How Love Is / Killer Queen / Flick Of The Wrist / Brighton Rock / Bohemian Rhapsody / I'm In Love With My Car / You're My Best Friend / Somebody To Love/White Man / Tie Your Mother Down / Good Old Fashioned Lover Boy / Death On Two Legs / Tenement Funster / White Queen (=Queen's First EP) / We Are The Champions / We Will Rock You / Fat Bottomed Girls / Crazy Little Thing Called Love / Spread Your Wings / Flash's Theme / Another One Bites The Dust/Dragon Attack / Las Palabras De Amor / Under Pressure/Soul Brother/Body Language / Radio Ga Ga/I Go Crazy / Hammer To Fall / I Want To Break Free/Machines (Or "Back To Humans") / It's A Hard Life / A Kind Of Magic / A Dozen Red Roses For My Darling / One Vision

Das Set in der Ledermappe wurde nur in Deutschland Mitte 1990 veröffentlicht!

Queen: The Complete Works
LP-Box: Alle Queen-LP's bis einschließlich "The Works" in speziellen Covern als Box-Set. Alle Ausgaben sind numeriert und enthalten 2 Booklets, 1 Poster und eine Raritäten-LP ("Complete Works") mit folgenden Liedern:
See What A Fool I've Been / A Human Body / Soul Brother / I Go Crazy / Thank God It's Christmas / One Vision - Blurred Vision

Dez. 1985 in England veröffentlicht, waren die ersten 600 Kopien mit Original-Autogrammen versehen.

CD-Box: Queen Mania
Ein sogenanntes "Flight Case" (aufwendig gestalteter roter Metallkoffer mit silbernen Verzierungen) mit allen CD's bis einschließlich "The Miracle". Zusätzlich sind dem Koffer ein T-Shirt und ein Button beigefügt.

Dieser (vorerst) auf 500 numerierte Kopien limitierte Koffer ist nur in Deutschland Ende 1990 erschienen.

CD-VIDEOS

Live in Budapest (wie offizielles Video) - nur Deutschland - LP-Format

Greatest Flix (wie offizielles Video) - nur USA - LP-Format

The Works E.P. (wie offizielles Video) - nur USA - LP-Format

INTERVIEWS

Von Queen sind einige Interviews offiziell auf Schallplatte bzw. CD erschienen. Der Vollständigkeit halber müssen sie hier aufgeführt werden:

Limited Edition Interview
(England) Bestell-Nr. MM 1218
Picture Disc (Rückseite hauptsächlich rot)
Picture Disc (Rückseite hauptsächlich blau)

Interview (England)
Bestell-Nr. (C)BAK 2014
Picture Disc-LP / Picture Disc-CD

A Message From The Palace
(England) - Bestell-Nr. BAK 6014
blaues Vinyl im Farbcover

Interview with Roger Taylor & Brian May (England)
- Cat.No.Queen1: Set mit 2 Picture Discs (je 1 Photo der Bandmitglieder)
Single - lila Vinyl
(500 numerierte Kopien) mit Farbcover
Single - blaues Vinyl
(500 numerierte Kopien) mit Farbcover

Interview 81/83 (England)
Bestell-Nummer: Queen7 (Single)
Picture Disc (1.500 Kopien)
grünes Vinyl (500 Kopien)
rotes Vinyl (150 Kopien)

A Rare Interview with Queen
(England) Bestellnr.: BAKPAK 1021
4 schwarz/weiße Picture Discs (Singles)

LP'S AUS BESTIMMTEN LÄNDERN

Bestimmte LP's sind nur für spezielle Länder produziert worden:

LP: LIVE -
O Sucesso Do Rock In Rio
We Will Rock You (schnell) - Let Me Entertain You - Killer Queen - Bicycle Race -

You're My Best Friend - Spread Your Wings - Keep Yourself Alive - Love Of My Life - Don't Stop Me Now - Bohemian Rhapsody - Sheer Heart Attack - We Are The Champions
Veröffentlicht nur in Brasilien, 1985
Alle Lieder sind von der DoLP "Live Killers"

LP: Thank God It's Christmas
One Vision - I Want To Break Free - Under Pressure - Las Palabras De Amor (The Words Of Love) - Life Is Real - Rock It (Prime Jive) - Love Of My Life (live von "Live Killers") - Thank God It's Christmas - Radio Ga Ga - Body Language - Tie Your Mother Down - Back Chat - We Are The Champions (live von "Live Killers")
Veröffentlicht nur in Brasilien, 1985

LP: Live In Concert
We Will Rock You - Let Me Entertain You - Killer Queen - Bicycle Race - You're My Best Friend - Spread Your Wings - Keep Yourself Alive - Don't Stop Me Now - Bohemian Rhapsody - Tie Your Mother Down - Sheer Heart Attack - We Are The Champions
Veröffentlicht nur in Neu Seeland, 1985
Alle Lieder sind von der DoLP "Live Killers"

LP: The Best Of Queen
Brighton Rock - Killer Queen - Now I'm Here - Somebody To Love - Tie Your Mother Down - I'm In Love With My Car - '39 - Bohemian Rhapsody - Don't Stop Me Now - We Are The Champions - We Will Rock You
Veröffentlicht nur in Polen, 1980

LP: QUEEN
Version 1: schwarz/weiß Cover mit Queen-Emblem (Original)
Version 2: farbiges Photo-Portrait-Cover
Bicycle Race - White Queen - Bohemian Rhapsody - Death On Two Legs - In Only Seven Days - Dead On Time - We Will Rock You - We Are The Champions - Spread Your Wings - Somebody To Love - Killer Queen - Don't Stop Me Now
Veröffentlicht nur in der ehemaligen DDR, 1980/81

LP: QUEEN LIVE
Wiederum eine Auswahl von Songs der "Live Killers" - DoLP auf einer LP
Veröffentlicht nur in Japan, 1980

LP: Queen Disco Hits
Back Chat - Dancer - Body Language - Staying Power - Cool Cat - Another One Bites The Dust

Sehr seltene Mini-LP, die nur in Japan für Disc-Jockeys 1982 veröffentlicht wurde.

Classic Queen (nur als CD)
I Want It All (LP Version) - Keep Yourself Alive - Killer Queen - I'm In Love With My Car - You're My Best Friend - Bohemian Rhapsody - Tie Your Mother Down - Somebody To Love - We Will Rock You - We Are The Champions - Another One Bites The Dust - Under Pressure - Crazy Little Thing Called Love - I Want It All (Single Version)

Seltene CD, die nur für Radio-Stationen in den USA von "Capitol" (1989) veröffentlicht wurde.

Billboard Hits USA (nur als CD)
Bohemian Rhapsody - Killer Queen - Good Old Fashioned Lover Boy - Somebody To Love - Now I'm Here - Teo Torriatte - You're My Best Friend - We Will Rock You - We Are The Champions - Seven Seas Of Rhye - Sheer Heart Attack - Brighton Rock

Sehr seltene nur in Kanada (vielfach nach Japan exportierte) veröffentlichte CD (1990)

QUEEN ROCKS VOL. 1 (nur als CD)
Tie Your Mother Down - Stone Cold Crazy - Under Pressure - We Will Rock You - Sheer Heart Attack - Get Down, Make Love

Seltene CD, nur für Radio-Stationen in den USA, veröffentlicht 1990 - Hollywood Records.

VIDEOS

Greatest Flix (1981)
Killer Queen - Bohemian Rhapsody - You're My Best Friend - Somebody To Love - Tie Your Mother Down - We Are The Champions - We Will Rock You - We Will Rock You (live - schnelle Version) - Spread Your Wings - Bicycle Race - Fat Bottomed Girls - Don't Stop Me Now - Love Of My Life (live) - Crazy Little Thing Called Love - Save Me - Play The Game - Another One Bites The Dust - Flash's Theme
Alles Video-Clips

Live In Japan (1982)
Live "Seibu Lions Stadion",
Japan am 3.November 1982
Veröffentlicht nur in Japan
(auf japanischem Video-System)

We Will Rock You (1984)
Live "The Forum", Montreal,
Kanada am 24. & 25. November 1981

The Works Video EP (1984)
Radio Ga Ga - I Want To Break Free - It's A Hard Life - Hammer To Fall

Live In Rio (1985)
Live Rio De Janeiro (Open Air: "Rock In Rio") am 19. Januar 1985

Who Wants To Live Forever/ A Kind Of Magic (1986) Video Clips

Bohemian Rhapsody/ Crazy Little Thing Called Love (1987) Video Clips

Live in Budapest (1987)
Live "Nepstadion", Budapest am 27. Juli 1986

The Magic Years (1987)
Volume One: *The Foundations*
Volume Two: *Live Killers In The Making*
Volume Three: *Crowned In Glory*

3 Video-Cassetten, einzeln oder zusammen in einer Präsentations-Box erhältlich. Die Cassetten dokumentieren in zeitlicher Abfolge, zusätzlich aufgegliedert nach Kapiteln, die Story von Queen. Zu sehen sind viele LIVE-Auftritte, Video-Clips, unveröffentlichtes Material und Aussagen vieler anderer Stars bezüglich Queen. Ein absolutes Muß für Fans. Cassette ist (natürlich) nur im englischem Originalton erhältlich.

The Miracle EP (1989)
I Want It All - Breakthru - The Invisible Man - Scandal - Video Clips

Rare LIVE (1989)
(A Concert Through Time And Space)
Seltenes LIVE-Material, zusammengestellt aus vielen QUEEN-Tourneen, von 1974 - 1986.

QUEEN At Wembley (1990)
LIVE "Wembley Stadion", England im July 1986

Zu folgenden Liedern sind VIDEO-Clips gedreht worden, jedoch bisher nicht im Handel erschienen:

**UNDER PRESSURE /
BODY LANGUAGE** (zensiert) **/
BACK CHAT /
CALLING ALL GIRLS /
ONE VISION /
PRINCES OF THE UNIVERSE /
FRIENDS WILL BE FRIENDS /
THE MIRACLE /
INNUENDO /
HEADLONG /
I'M GOING SLIGHTLY MAD**

SMILE

(Brian May/Roger Taylor/Tim Staffell)
Mini LP: **Gettin' Smile**
Doin' Allright - Blag - April Lady - Polar Bear - Earth - Step On Me
Veröffentlicht nur in Japan (1982)

Single: **Earth/Step On Me** - nur USA (1969)
Bemerkung: Von dieser Single sind diverse Raubkopien im Umlauf, das Original hat die Nummer "Mercury 72977".

LARRY LUREX

(Freddie Mercury/Brian May/Roger Taylor)
Single: **I Can Hear Music/Goin Back**
Bemerkung: Nur in wenigen Ländern veröffentlicht. In Amerika auf "Anthem", in einigen europäischen Ländern auf "EMI". Nur in Holland und Deutschland mit Bildcover. Auch von dieser Single gibt es viele Raubpressungen.

ROGER TAYLOR

Single: **I Wanna Testify/
Turn On The TV** - nicht Japan - (1977)

nur LP: **Fun In Space**
No Violins - Laugh Or Cry - Future Management - Let's Go Crazy - My Country I & II - Good Times Are Now - Magic Is Loose - Interlude In Constantinople - Airheads - Fun In Space (Veröffentlicht 1981)
Single: **Future Management/
Laugh Or Cry**
Single: **My Country I & II/Fun In Space**

nur LP: **Strange Frontier**
Strange Frontier - Beautiful Dreams - Man On Fire - Racing In The Street - Masters Of War.-.Killing Time - Abandonfire - Young Love - It's An Illusion - I Cry For You (Veröffentlicht 1984)

SOLO

Single: **Man On Fire/Killing Time**
Single: **Strange Frontier/I Cry For You**
Maxi-Single: **Man On Fire** (extended)/
Killing Time
Maxi-Single: **Strange Frontier/
I Cry For You/Two Sharp Pencils**

THE CROSS

(Roger Taylor/Clayton Moss/Spike Edney/Peter Noone/Josh Macrae) Keine Veröffentlichungen in Japan - nur teilweise USA

LP: **Shove It** (1987)
Shove It - Cowboys And Indians - Contact - Heaven For Everyone - (Gesang: Freddie Mercury) *- Stand Up For Love - Love On A Tightrope* (Like An Animal) *- Love Lies Bleeding* (She Was A Wicked, Wily Waitress) *- Rough Justice*
Bemerkung: In den USA mit "Feel The Force" als erstes Lied auf der 2. Seite/Heaven For Everyone: Gesang Roger Taylor. Bonus-Track auf der CD: The 2nd.Shelf Mix

Single: **Cowboys And Indians/
Love Lies Bleeding**
Single: **Shove It/Rough Justice**
Single: **Heaven For Everyone** (Gesang: R.Taylor)**/Heaven For Everyone** (Gesang: F.Mercury)
(B-Seite England) **Love On A Tightrope**
Single: **Manipulator/Stand Up For Love**
Maxi-Single: **Cowboys And Indians** (full lengh)**/Love Lies Bleeding**
Maxi-Single: **Shove It** (extended & Metropolix)**/Rough Justice**
Maxi-Single: **Heaven For Everyone** (Gesang: Taylor/Mercury)**/Contact**
Maxi-Single: **Manipulator** (extended & Single)**/Stand Up For Love**
CD Single 5": **Shove It** (extended & Single)**/Rough Justice/Cowboys And Indians** - nur England -
CD Single 3": **Heaven For Everyone/
Love On A Tightrope/
Cowboys And Indians** - nur Japan -

LP: Mad Bad And Dangerous To Know (1990)
Top Of The World Ma - Liar - Closer To You - Breakdown - Penetration Guru - Power To Love - Sister Blue - Better Things - Passion For Trash - Old Men (Lay Down) - Final Destination
Bonus Track auf der CD: Foxy Lady

Single: **Power To Love/Passion For Trash**
Single: **Liar/In Charge Of My Heart**
Maxi-Single: **Power To Love** (extended & Single)**/Passion For Trash**
Maxi-Single: **Liar** (extended & Single)**/In Charge Of My Heart** (extended)
CD Single 5": **Power To Love** (extended & Single)**/Passion For Trash**
CD Single 5": **Liar** (extended & Single)**/In Charge Of My Heart** (extended)
CD Single 5": **Final Destination/Penetration Guru/Man On Fire** - Live-

FREDDIE MERCURY

Single: **Love Kills/Rotwang's Party** (1984)
Maxi-Single: **Love Kills** (extended)**/Rotwang's Party** (1984)
Limitierte Sonderauflage: **Love Kills** (Single) als Picture Disc (England)

LP: MR. BAD GUY (1985)
Let's Turn It On - Made In Heaven - I Was Born To Love You - Foolin' Around - Your Kind Of Lover - Mr. Bad Guy - Man Made Paradise - There Must Be More To Life Than This - Living On My Own - My Love Is Dangerous - Love Me Like There's No Tomorrow

Single: **I Was Born To Love You/Stop All The Fighting**
Single: **Made In Heaven/She Blows Hot And Cold**
Single: **Living On My Own/My Love Is Dangerous** - nur England -
Single: **Love Me Like There's No Tomorrow/Let's Turn It On** - nur England

Maxi-Single: **I Was Born To Love You** (extended)**/Stop All The Fighting**
Maxi-Single: **Made In Heaven** (extended & Single)**/She Blows Hot And Cold**
Maxi-Single: **Living On My Own** (extended)**/My Love Is Dangerous** (extended) - nur England -
Maxi-Single: **Love Me Like There's No Tomorrow** (extended)**/Let's Turn It On** (extended) - nur England-
Limitierte Sonderauflage: **Made In Heaven** (Single) als Picture Shape Disc (England)
Single: **Time/Time** (instrumental) (1986)

Maxi-Single: **Time** (extended/Single/Instrumental) (1986)

Video: **FM** - Video EP (*I Was Born To Love You/Made In Heaven/Living On My Own/Time*) (1986)

Bemerkung: Das Lied "Time" ist ausschließlich auf der Doppel-LP "Dave Clark's Time" und als Single, pp. veröffentlicht. Auf dieser LP befindet sich ein weiteres Lied von Freddie Mercury, das sonst nirgendwo erhältlich ist: *"In My Defense"*.

Single: **The Great Pretender/Exercises In Free Love** (1987)
Maxi-Single: **The Great Pretender** (extended & Single)**/Exercises In Free Love** (1987)
Video-Single: **The Great Pretender** (extended & Single) (1987)
Limitierte Sonderauflage:
The Great Pretender (Single) als Picture Shape Disc (England)

With Montserrat Caballe:
Barcelona (1988)
Barcelona - La Japonaise - The Fallen Priest - Ensueno - The Golden Boy - Guide Me Home - How Can I Go On - Overture Piccante

Single: **Barcelona/Exercises In Free Love**
Single: **The Golden Boy/The Fallen Priest**
Single: **How Can I Go On/Overture Piccante**
Maxi-Single: **Barcelona** (extended & Single)**/Exercises In Free Love**
Maxi-Single: **The Golden Boy** (Single & Instrumental)**/The Fallen Priest**
CD Single 5": **Barcelona** (extended & Single)**/Exercises In Free Love**
CD Single 5": **The Golden Boy** (Single & Instrumental)**/The Fallen Priest**
CD Single 3": **The Golden Boy/The Fallen Priest** - nur Japan
CD Single 5": **Guide Me Home/How Can I Go On/Overture Piccante**
CD Single 3": **Guide Me Home/How Can I Go On/Overture Piccante** - nur Japan

CD Video 5": **Barcelona** (Video/Audio) - *Ensueno/Barcelona/Exercises In Free Love/Barcelona* (extended)(Audio)(England)
CD Video 5": **The Golden Boy** (Video/Audio) - *The Fallen Priest/The Golden Boy* (Single & Instrumental) (Audio) (England)
Video: **The Barcelona EP** - *Barcelona-The Golden Boy-How Can I Go On*
Limitierte Sonderauflage:
Barcelona (Maxi-Single) als Picture Disc
How Can I Go On (Single) als Picture Disc (beide England)

Außerdem: **Hold On** (Duett mit Joe Dare) Dieses Lied ist ausschließlich auf dem Soundtrack-Album (auch CD) zu dem deutschen Film "Zabou" (Schimanski) zu finden.

BRIAN MAY

Mini LP: **Brian May And Friends: Star Fleet Project** (1983)
Star Fleet - Let Me Out - Blues Breaker (Dedicated To E.C.)

Single: **Star Fleet** (edit)**/Son Of Star Fleet** - nicht Japan/USA
Single: **Brian May/Ian & Belinda: Who Wants To Live Forever** (Single & Instrumental) - nur England - (1989)
Maxi-Single: **Brian May/Ian & Belinda: Who Wants To Live Forever** (Single & Instrumental/Original Demo) - nur England

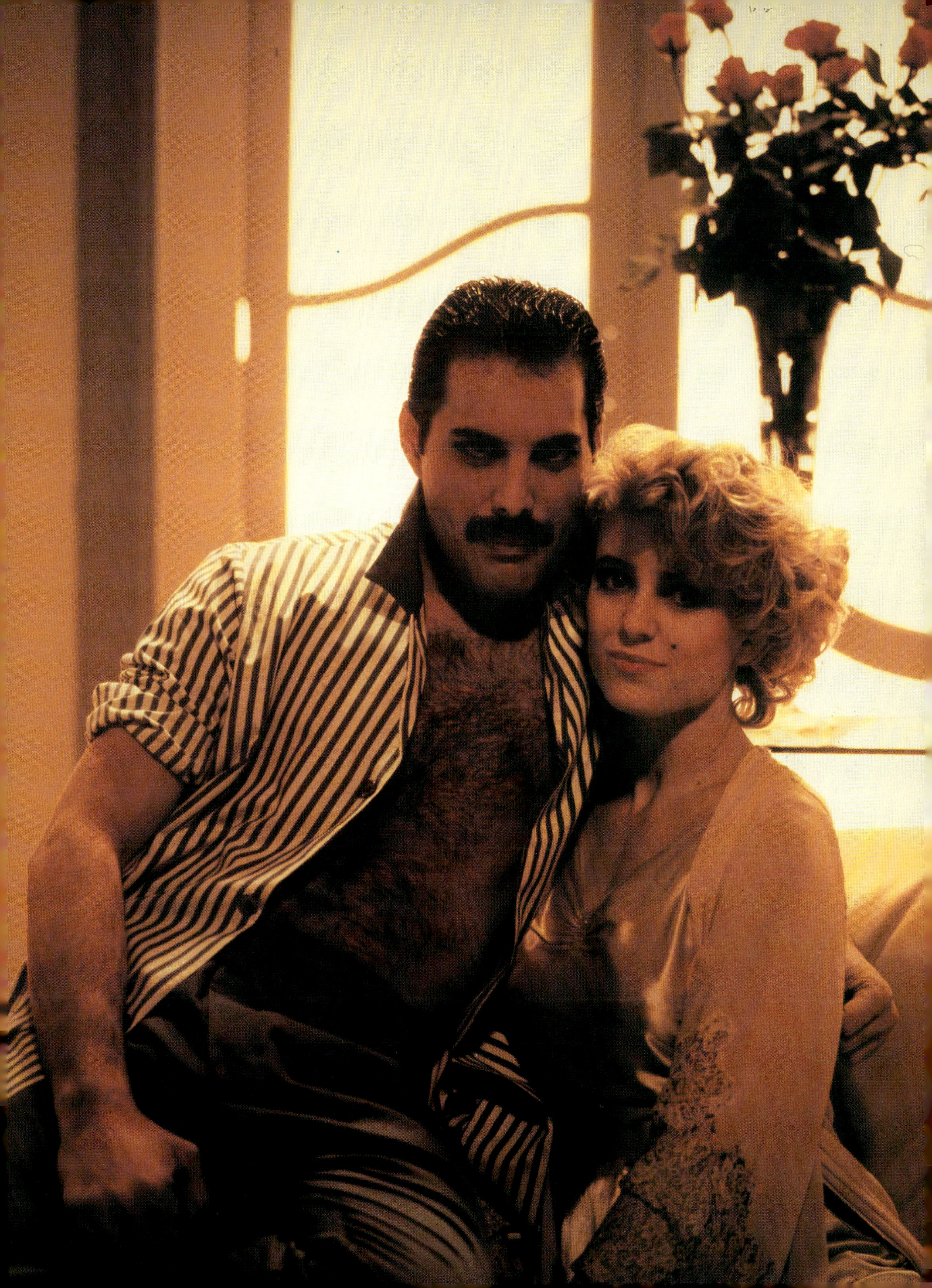

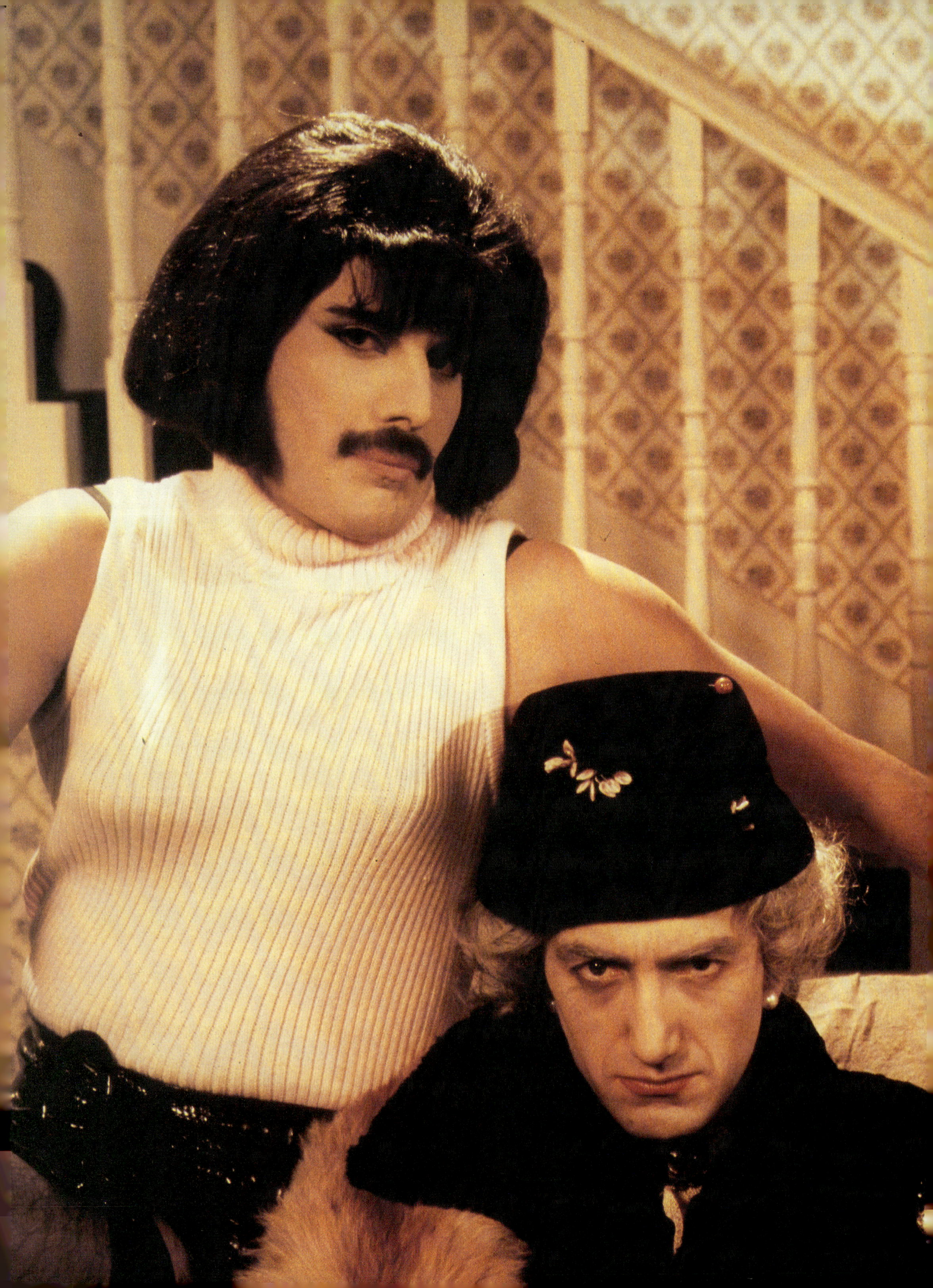

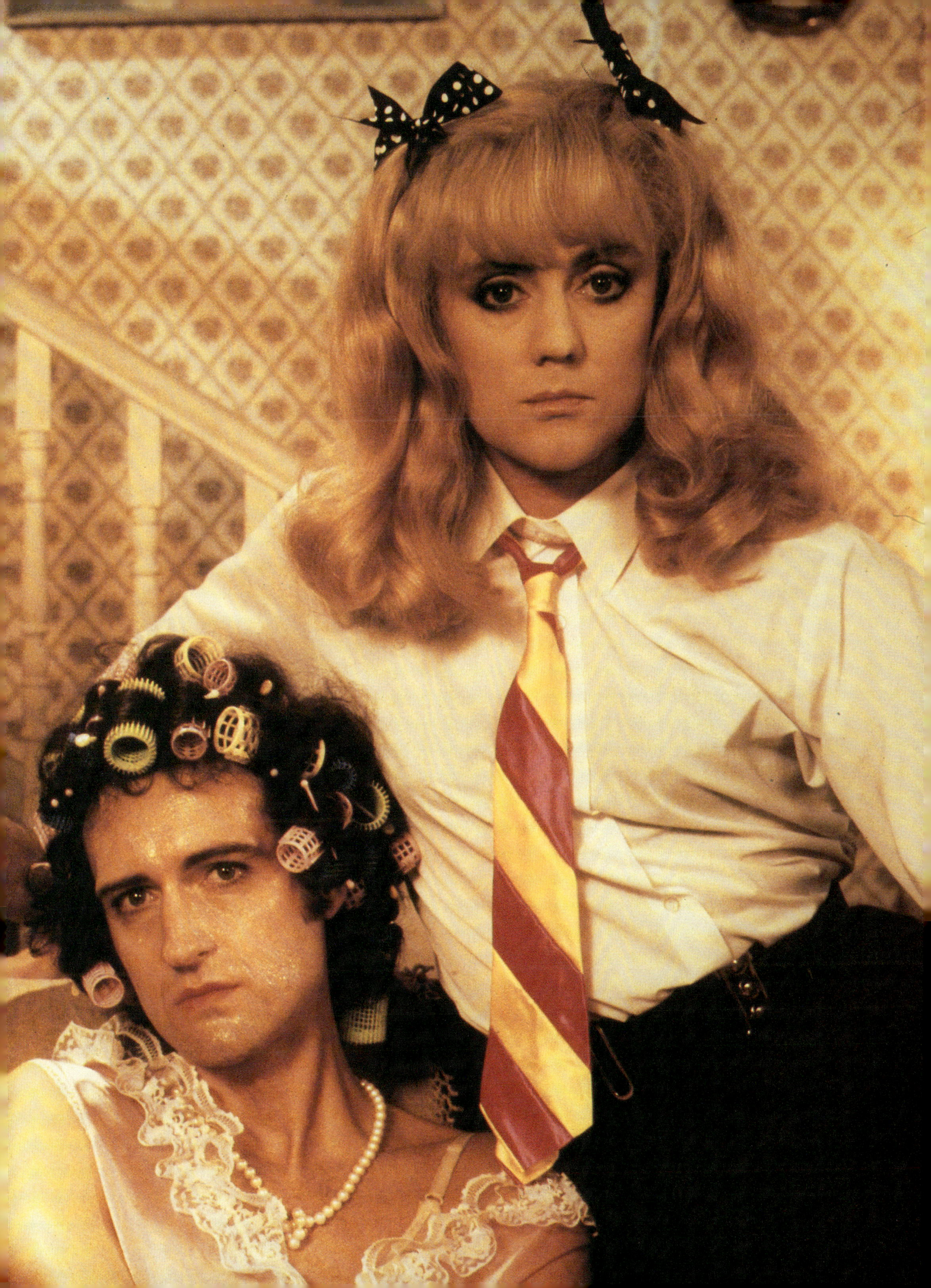

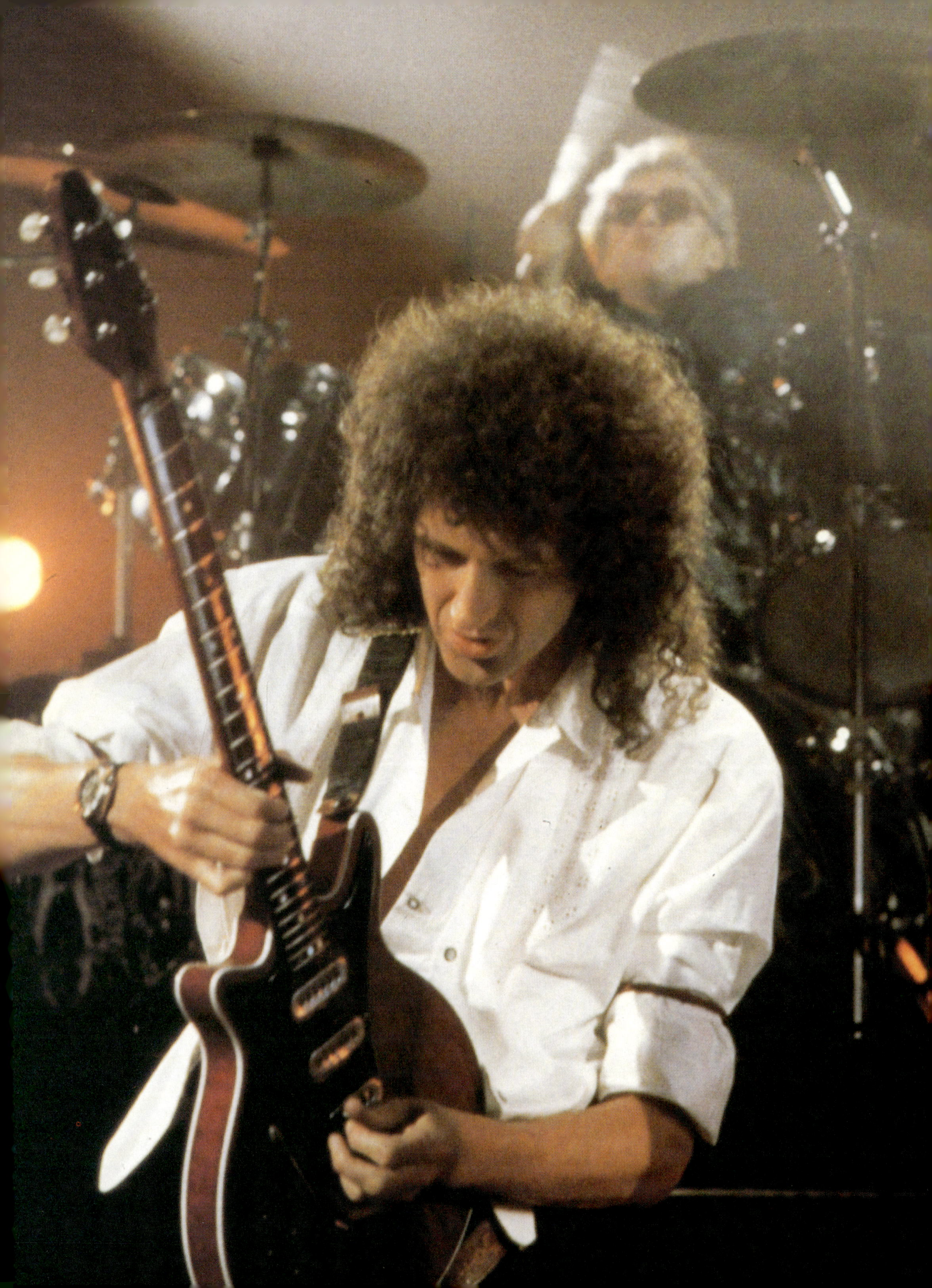

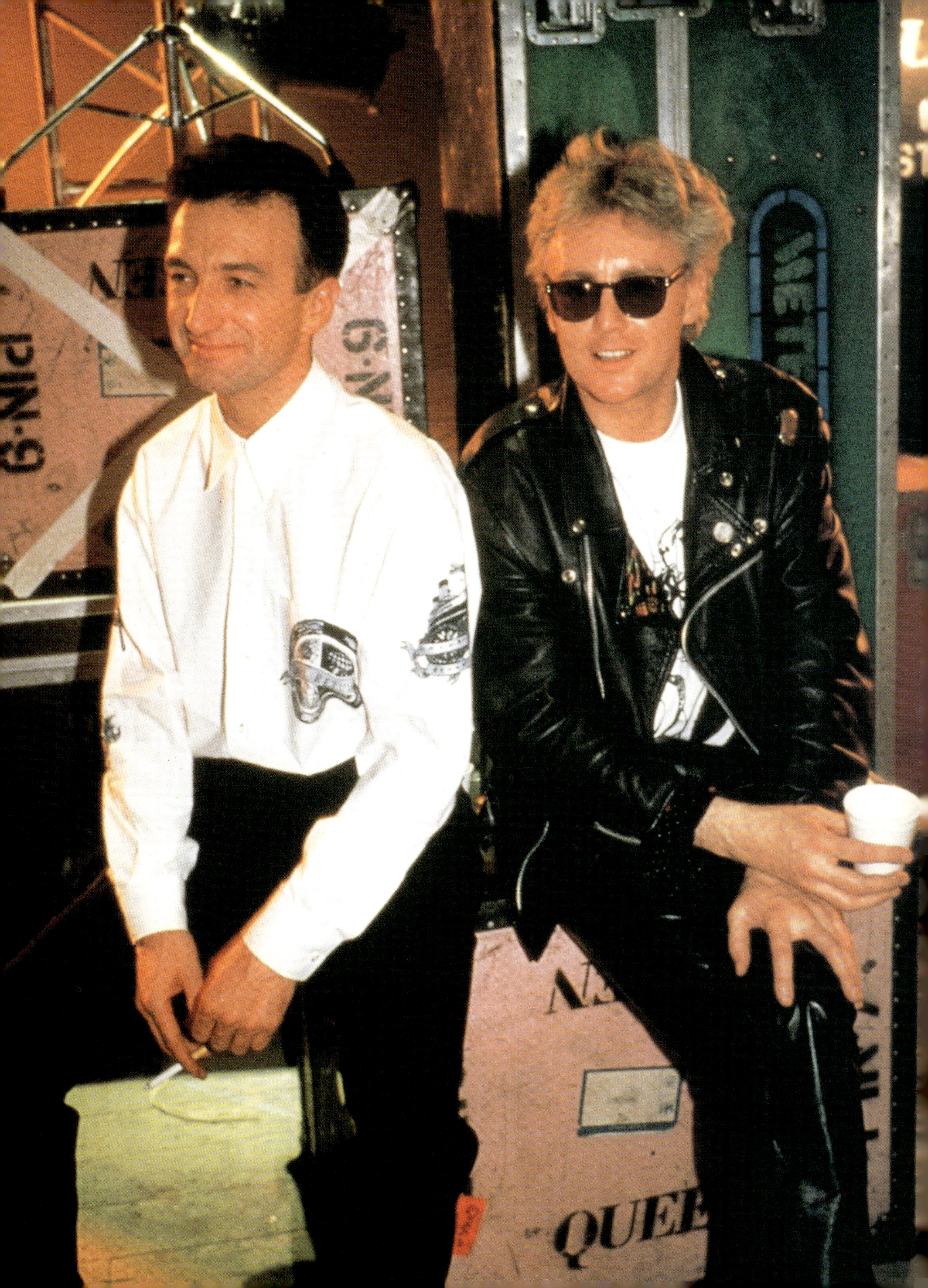

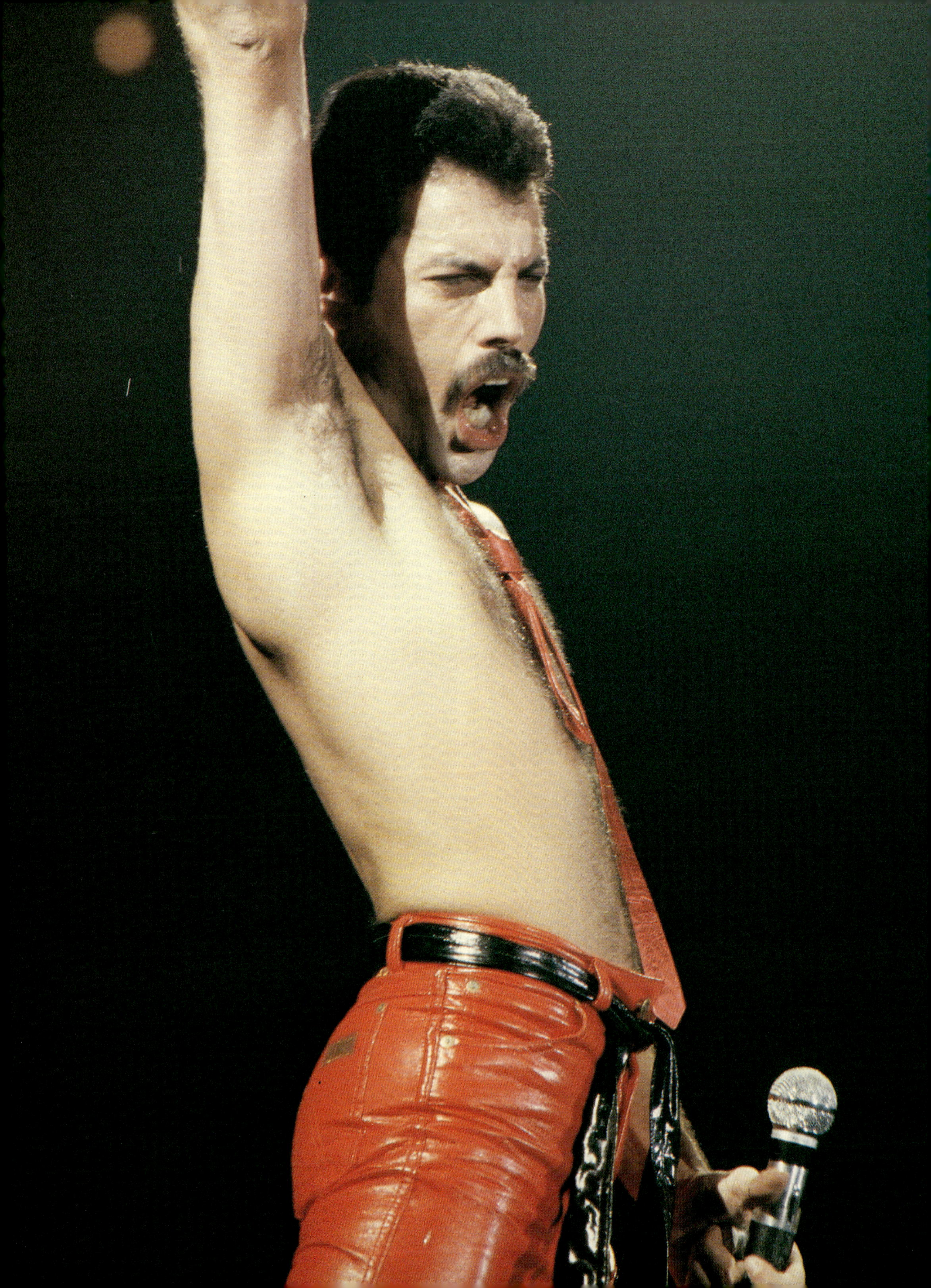

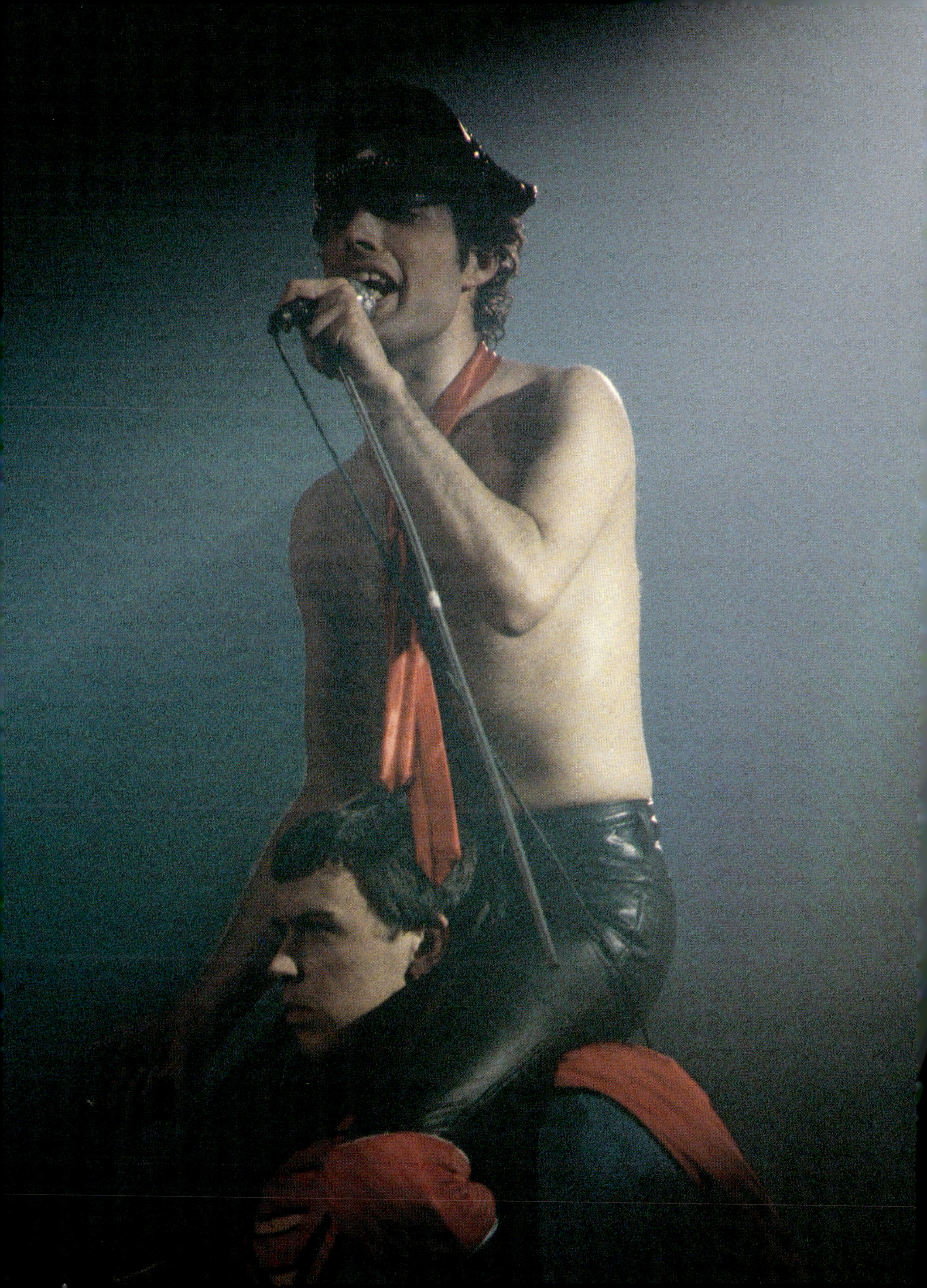

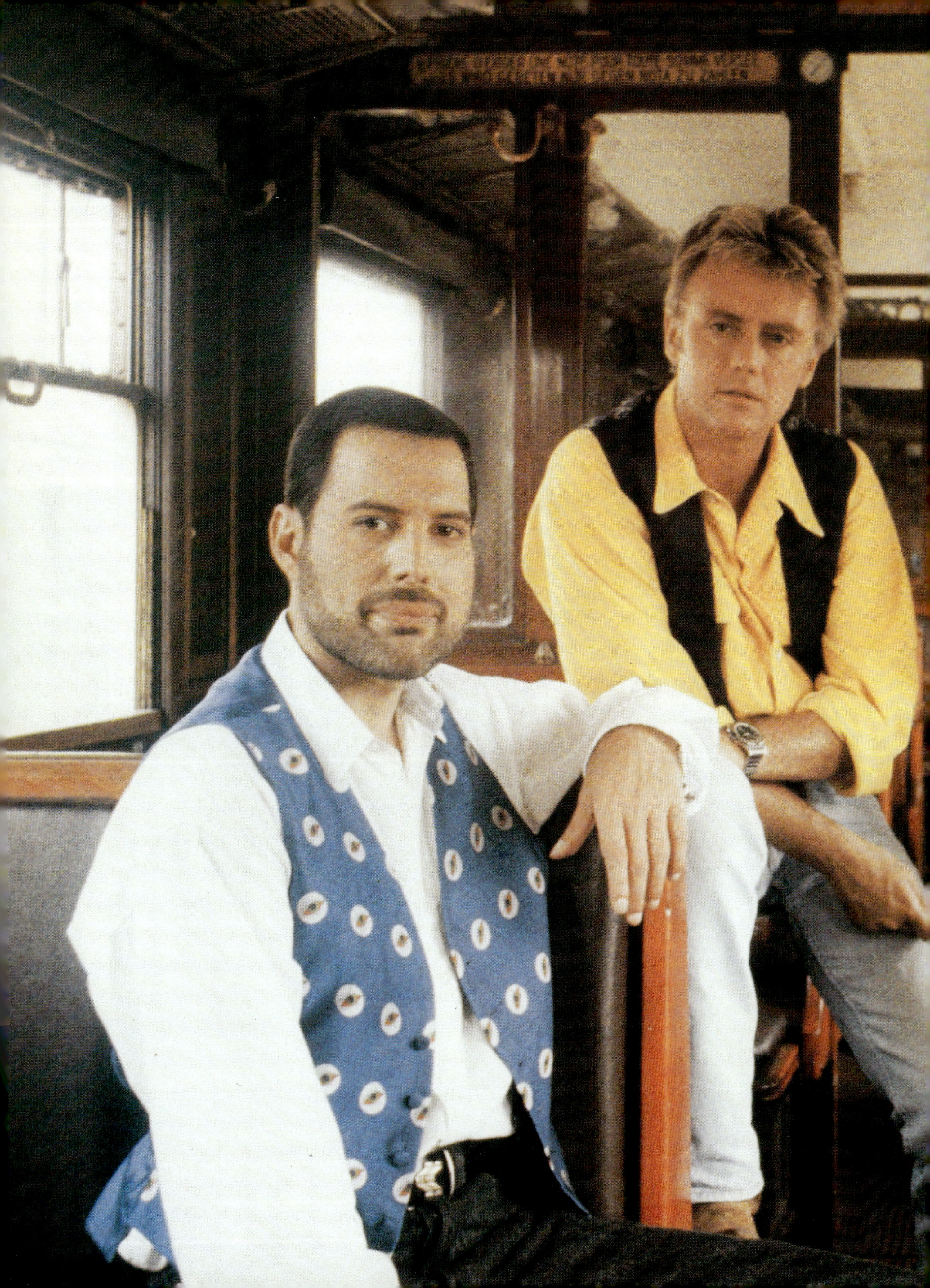

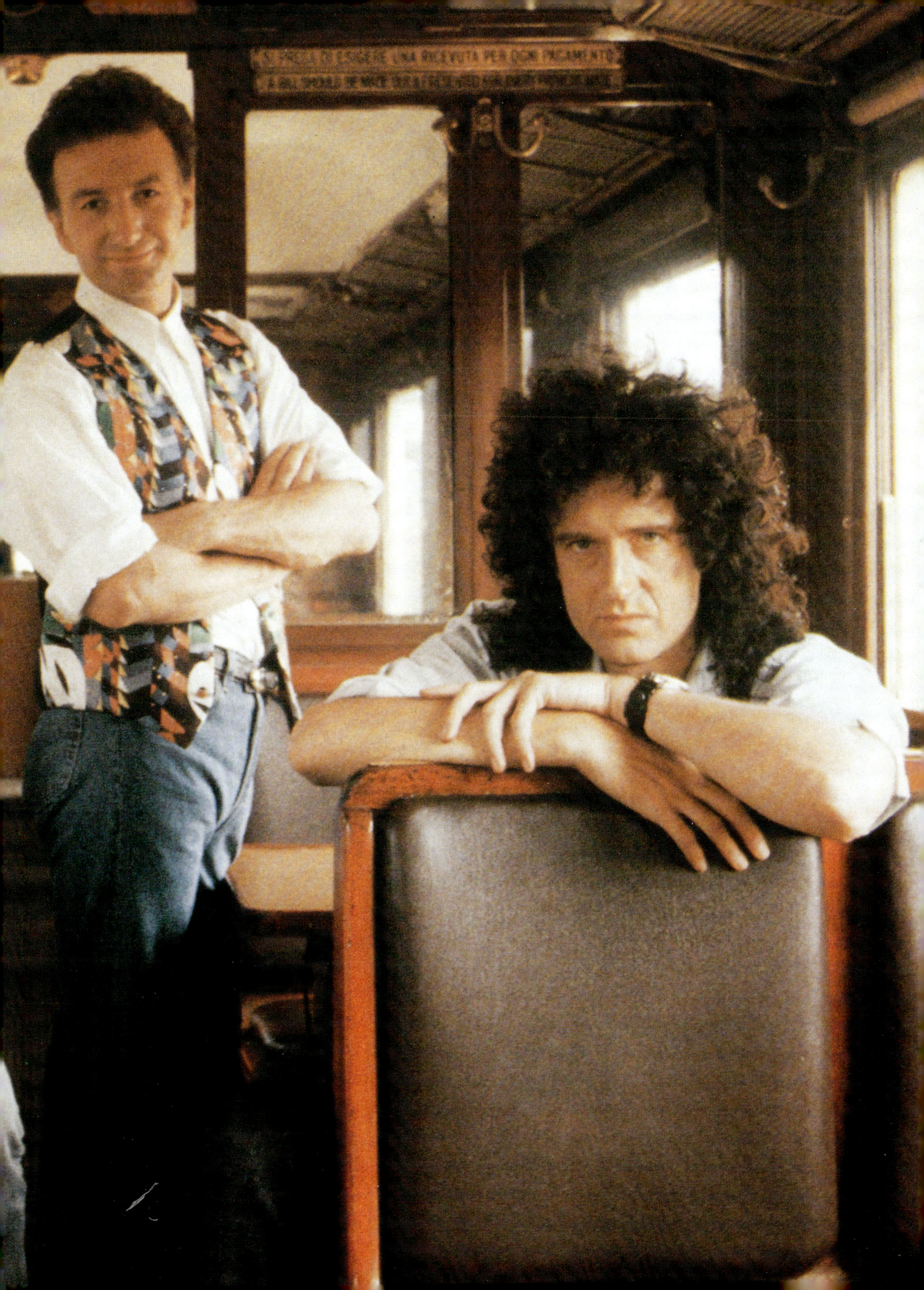

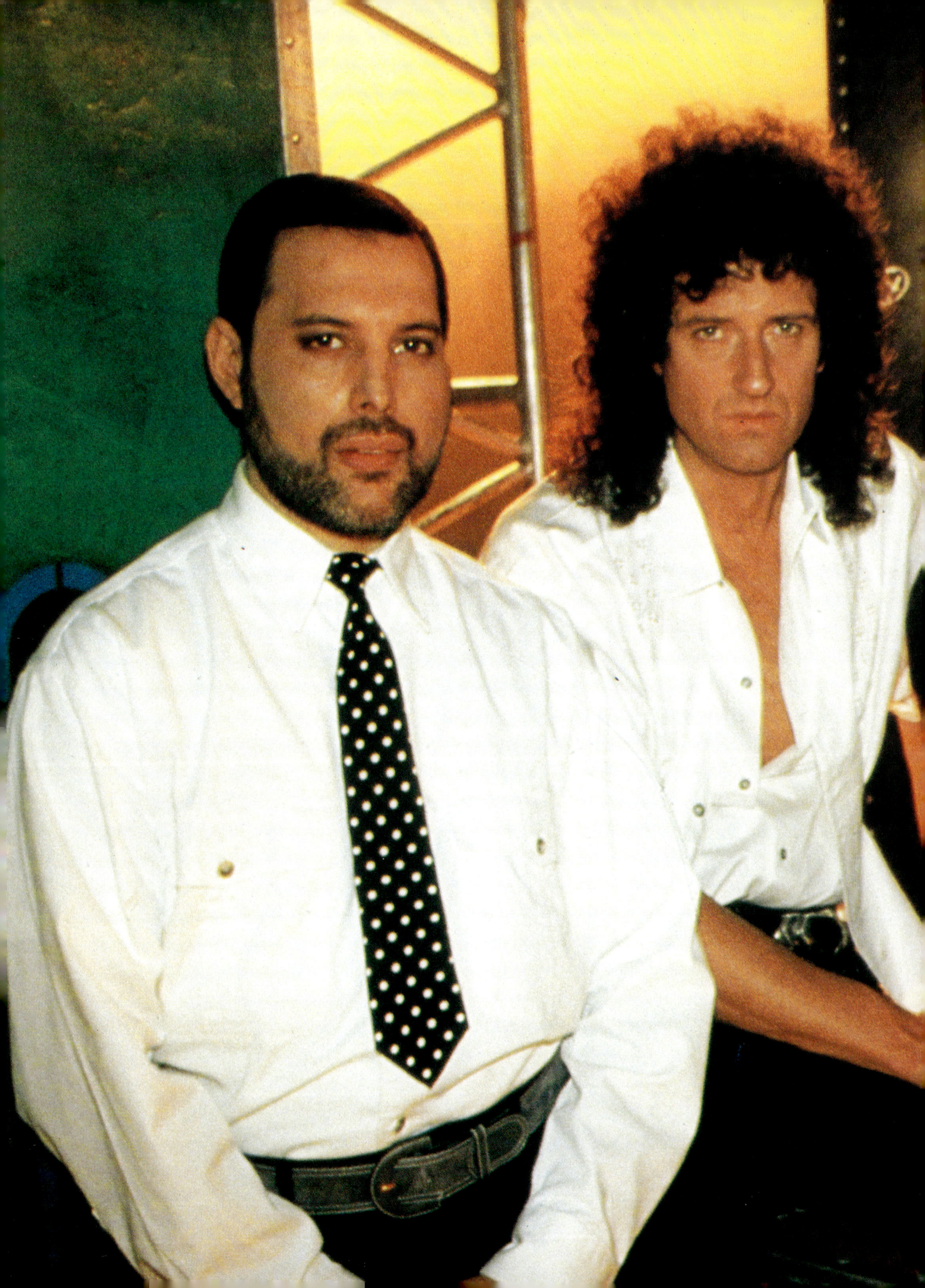

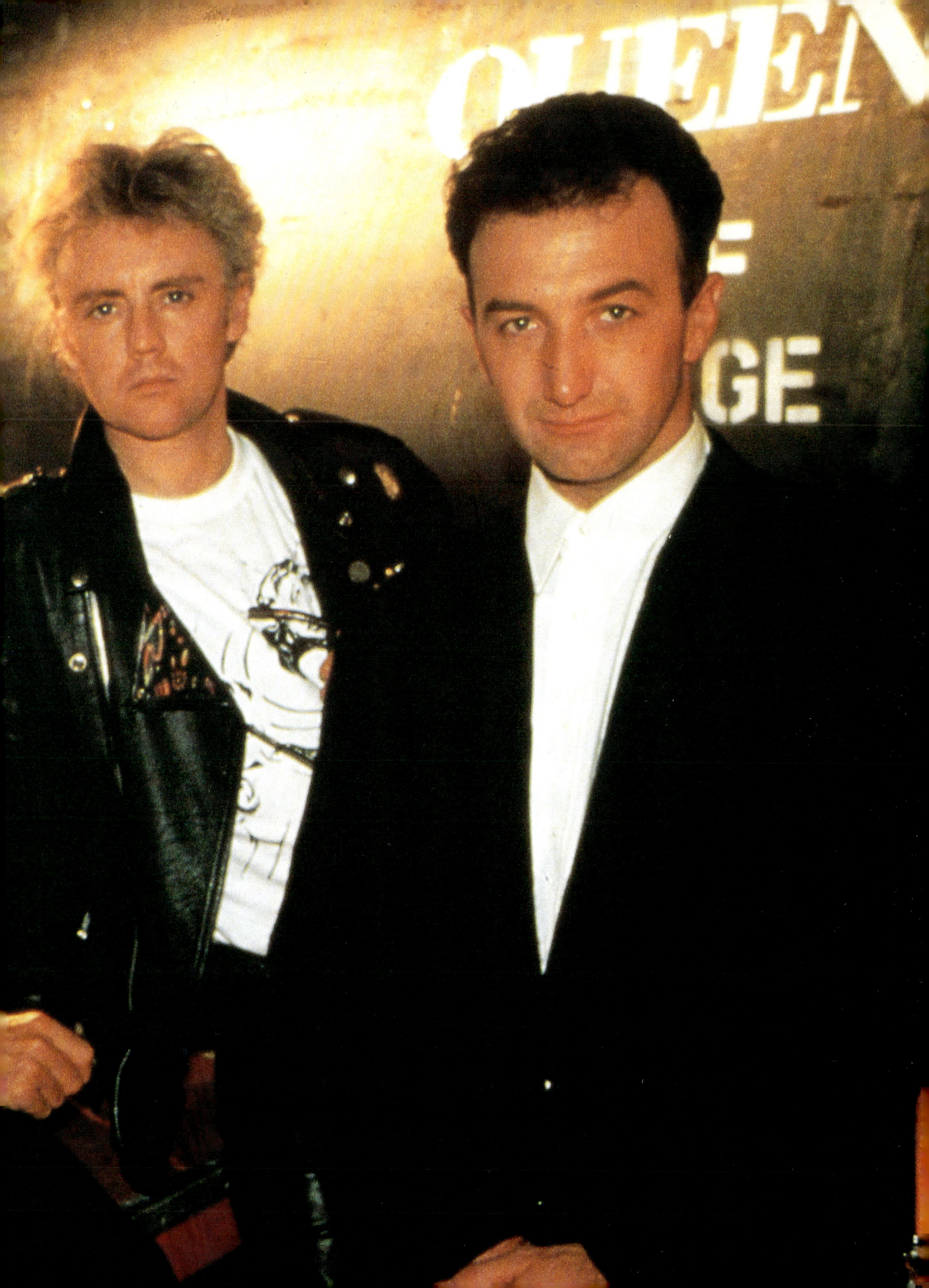

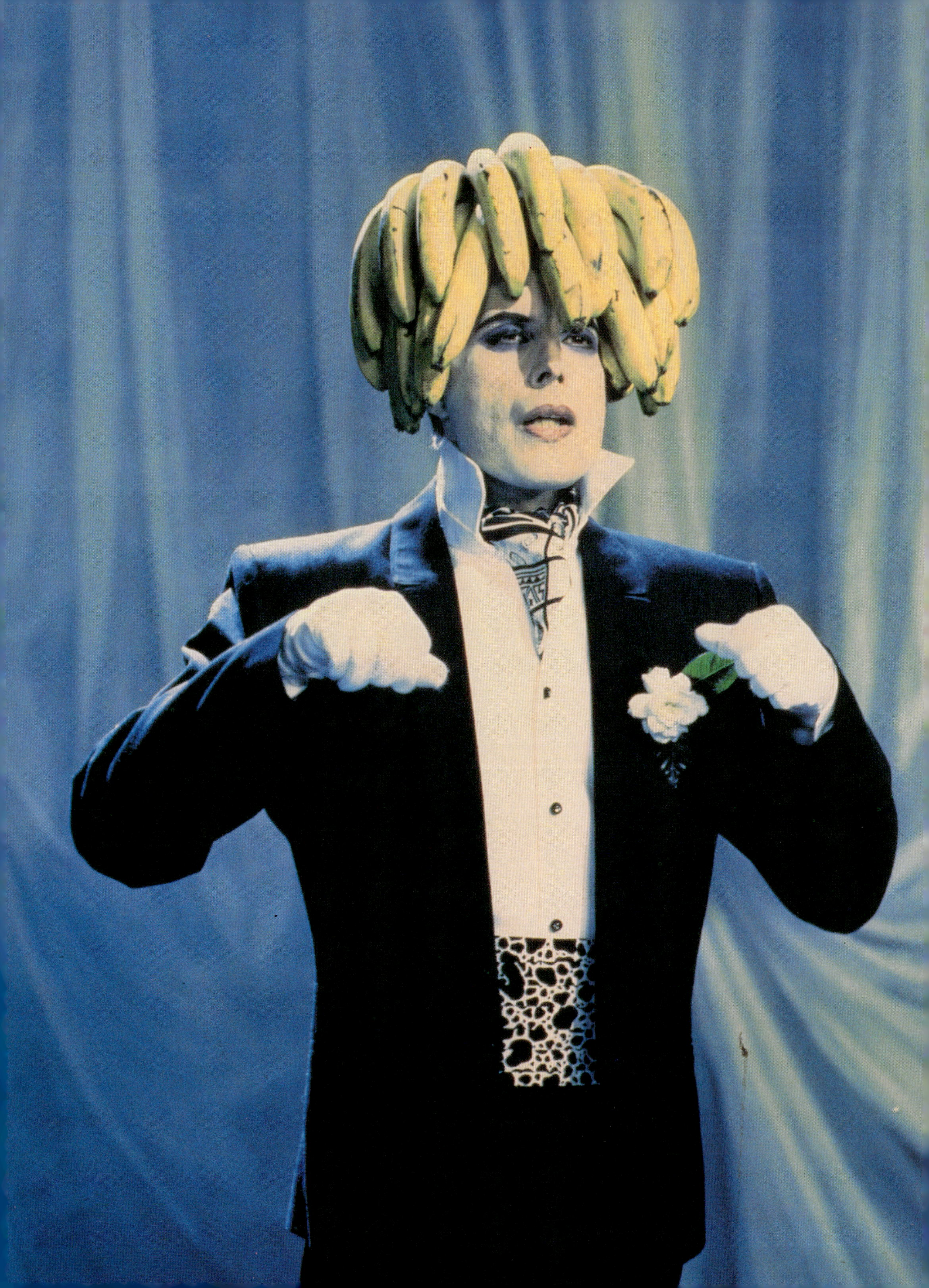

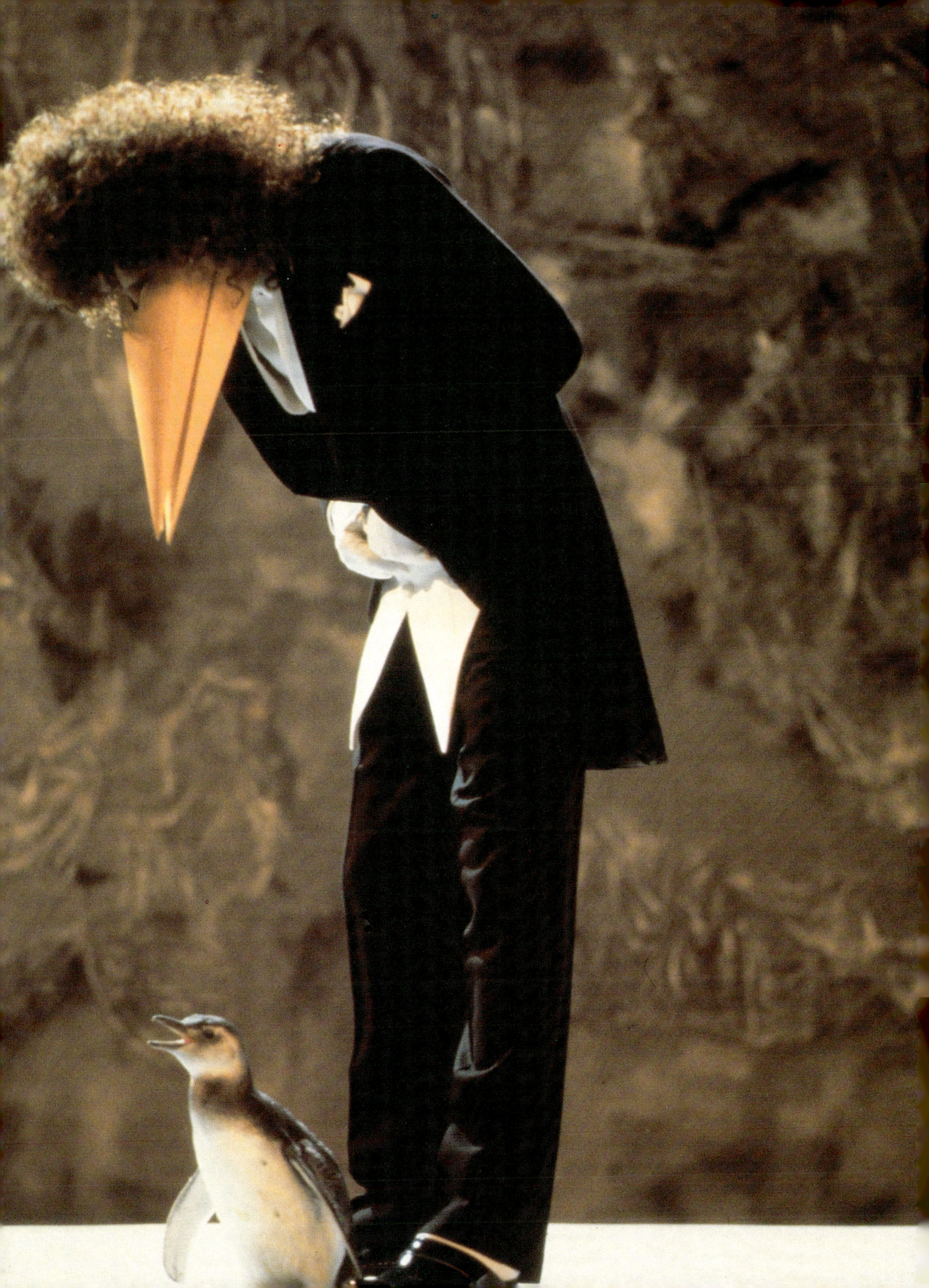

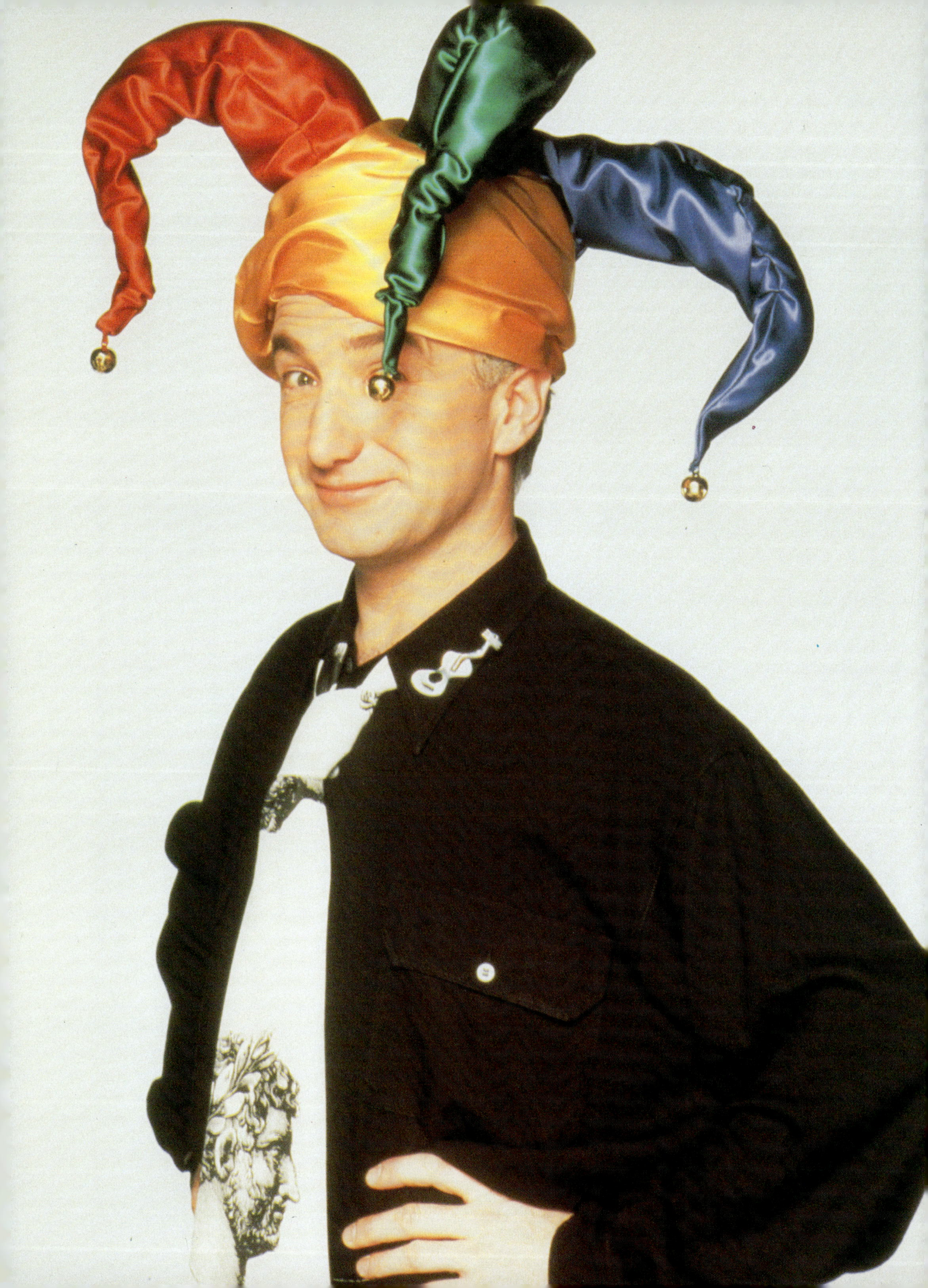

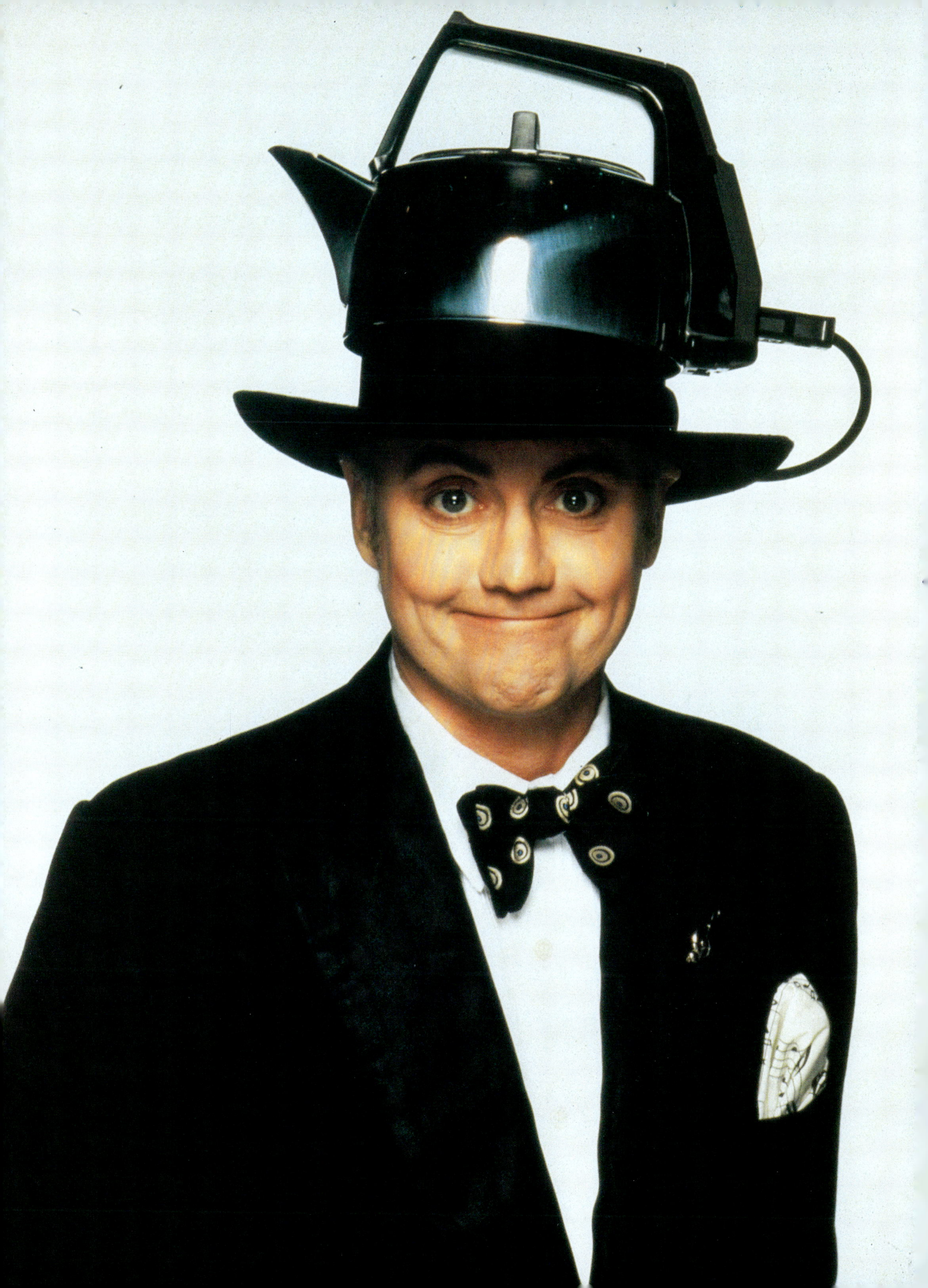

QUEEN

INNUENDO

WE WILL ROCK YOU
Text & Musik von Brian May

Moderate
Repeat 4 times
Clap Hands
N.C. Hand clap smile throughout song
Piano part optional

1. Bud-dy you're a boy make a big noise play-in' in the street gon-na be a big man some day you got mud on yo' face you big dis-grace
2. Bud-dy you're a young man, hard man shout-in' in the street gon-na take on the world some day you got blood on yo' face you big dis-grace
3. Bud-dy you're an old man, poor man plead-in' with your eyes gon-na make you some peace some day you got mud on your face you big dis-grace, Some-

kick-in' your can all o-ver the place sing-in'
wav-in' your ban-ner all o-ver the place sing-in' } We will we will rock you __ we will we will rock you.__
bod-y bet-ter put you back in-to your place sing-in'

© 1977 Queen Music Ltd.

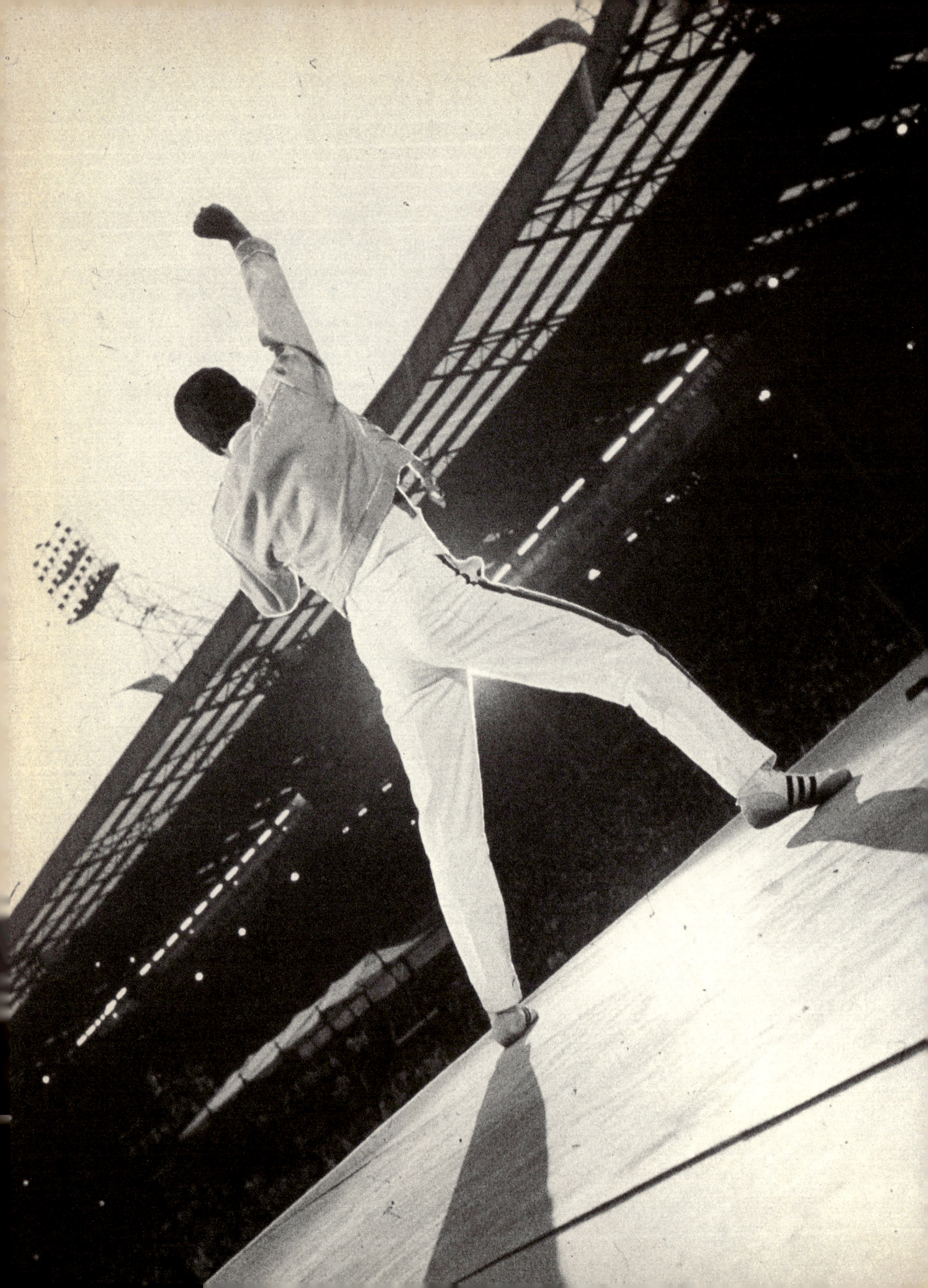

3.

We will we will rock you We will we will rock you. We will we will rock you.

Play 3 times

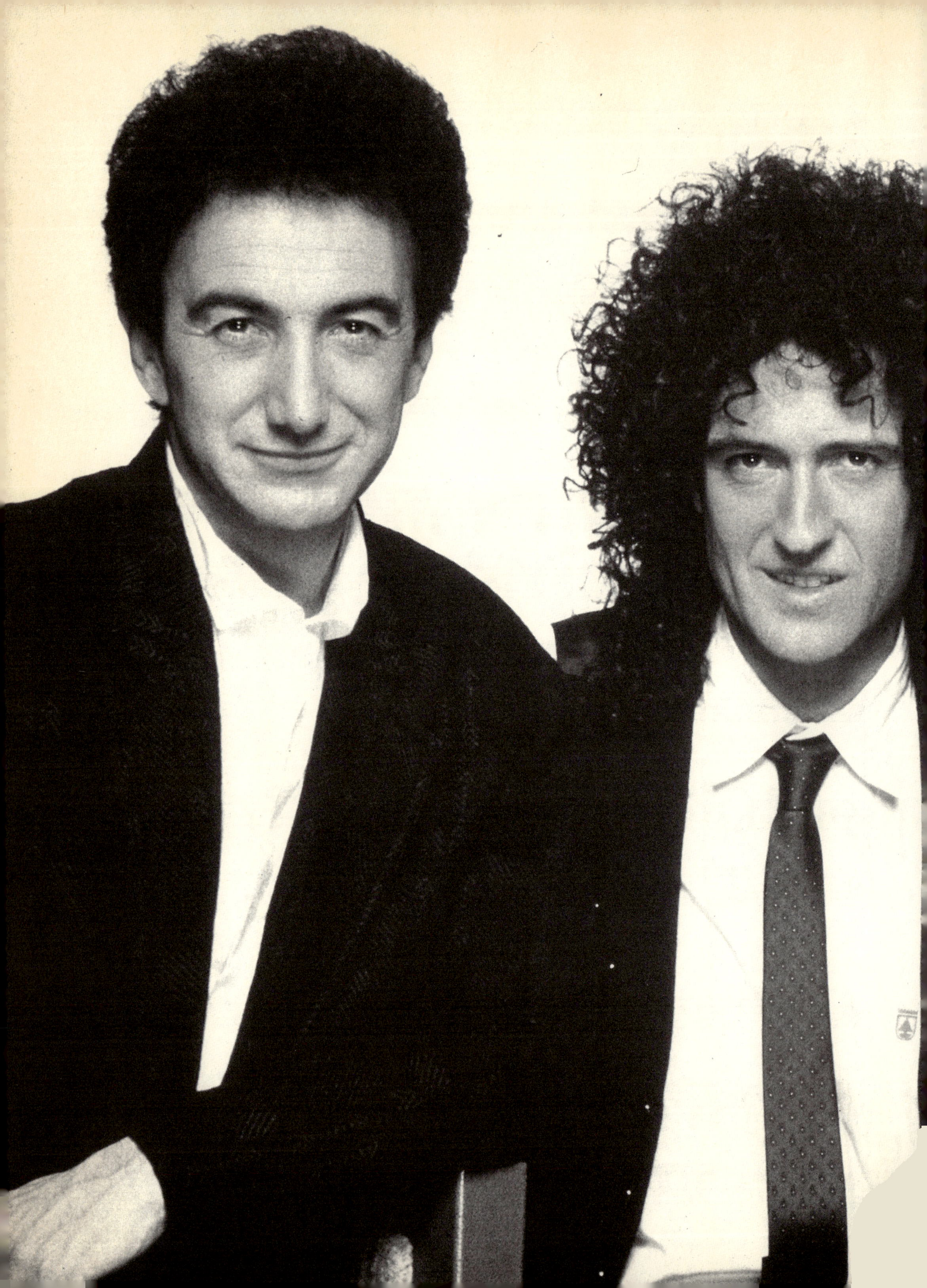

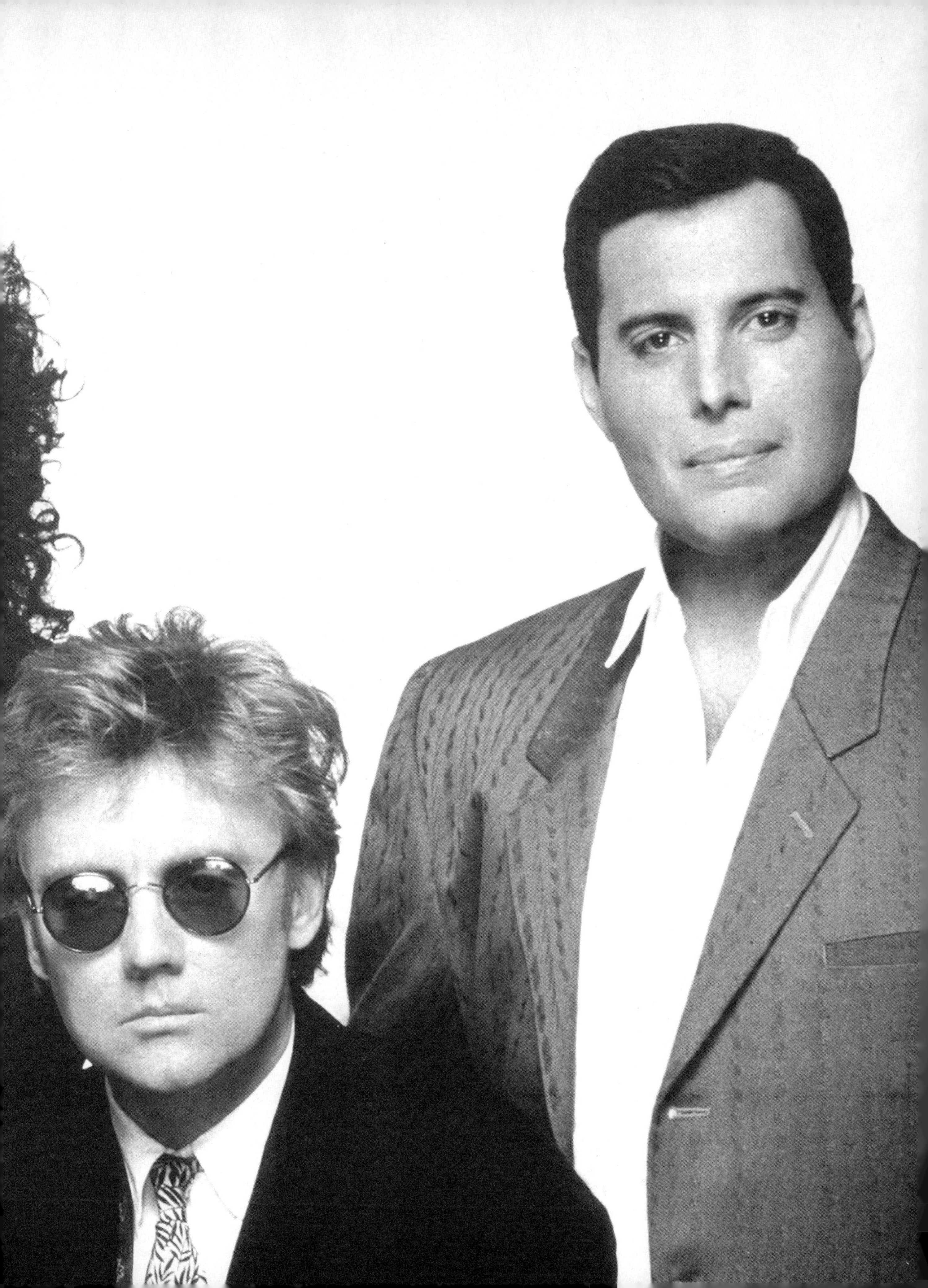

ANOTHER ONE BITES THE DUST
Text & Musik von John Deacon

Steady rock

Em   Am   Em

VERSE
(Sung 8va – 2nd & 3rd x)

1. Steve walks wa-ri-ly down the street with the
2. How do you think I'm going to get a-long with-
𝄋 There are plen-ty of ways you can hurt a man, and

Am   Em

brim pulled way down low. Ain't no sound but the sound of his feet; ma-
out you, when you're gone? You took me for e-'vry-thing that I had and
bring him to the ground. You can beat him you can cheat him you can treat him bad and

Am   Em

© 1980 Queen Music Ltd.

chine guns rea-dy to go. Are you rea-dy, hey! Are you rea-dy for this? Are you
kicked me out on my own. Are you hap-py? Are you sa-tis-fied? How
leave him when he's down. But I'm rea-dy, yes I'm rea-dy for you. I'm

Am   C   G

hang-ing on the edge of your seat? Out of the door-way the bul-lets rip
long can you stand the heat? Out of the door-way the bul-lets rip
stand-ing on my own two feet. Out of the door-way the bul-lets rip, re-

C   G   C   G

CHORUS

to the sound of the beat.
to the sound of the beat.
peat-ing the sound of the beat.

An-oth-er One Bites The Dust.

Am   B   Em   Am

An-oth-er One Bites The Dust. And an-

Em   Am

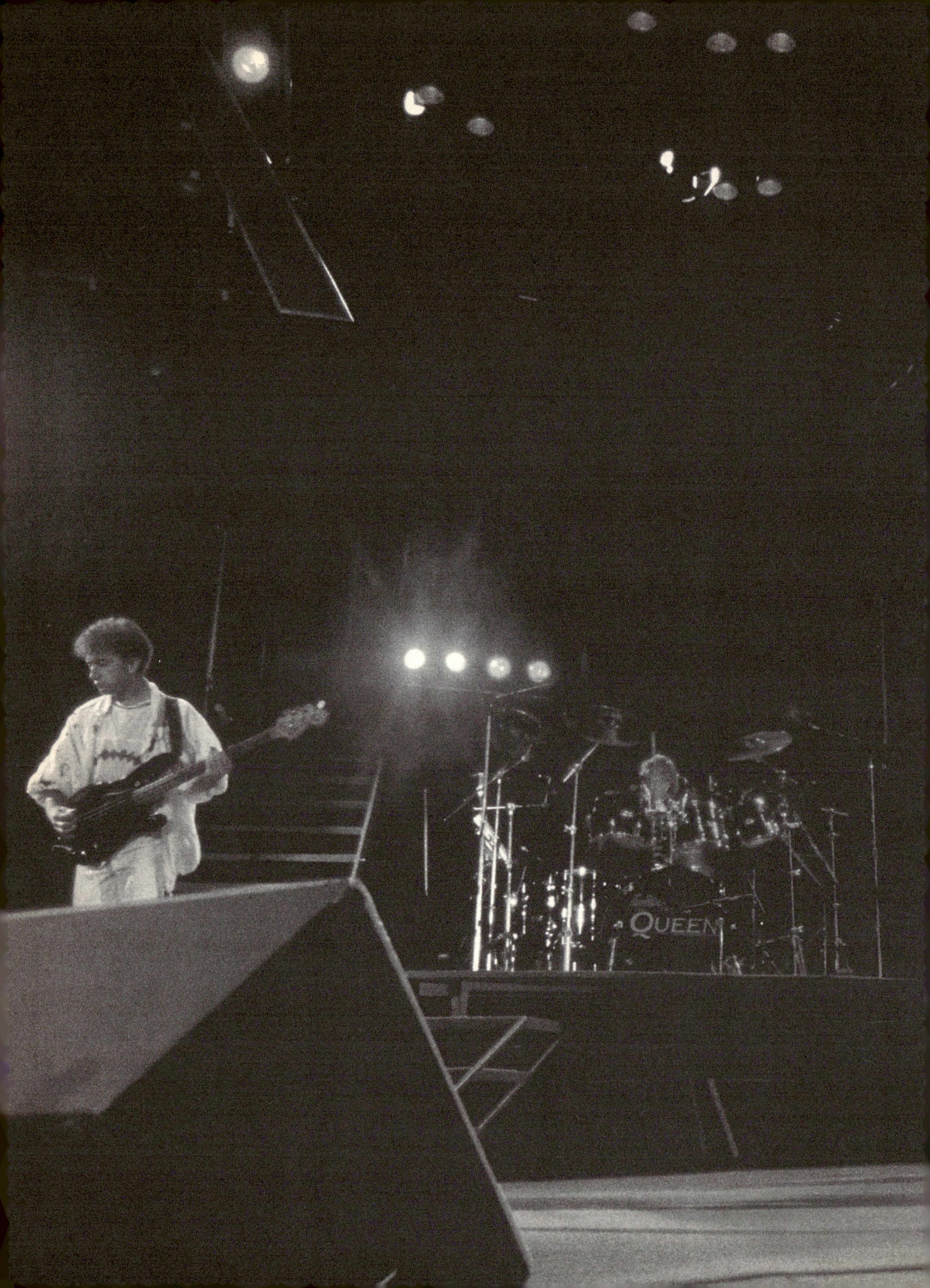
QUEEN

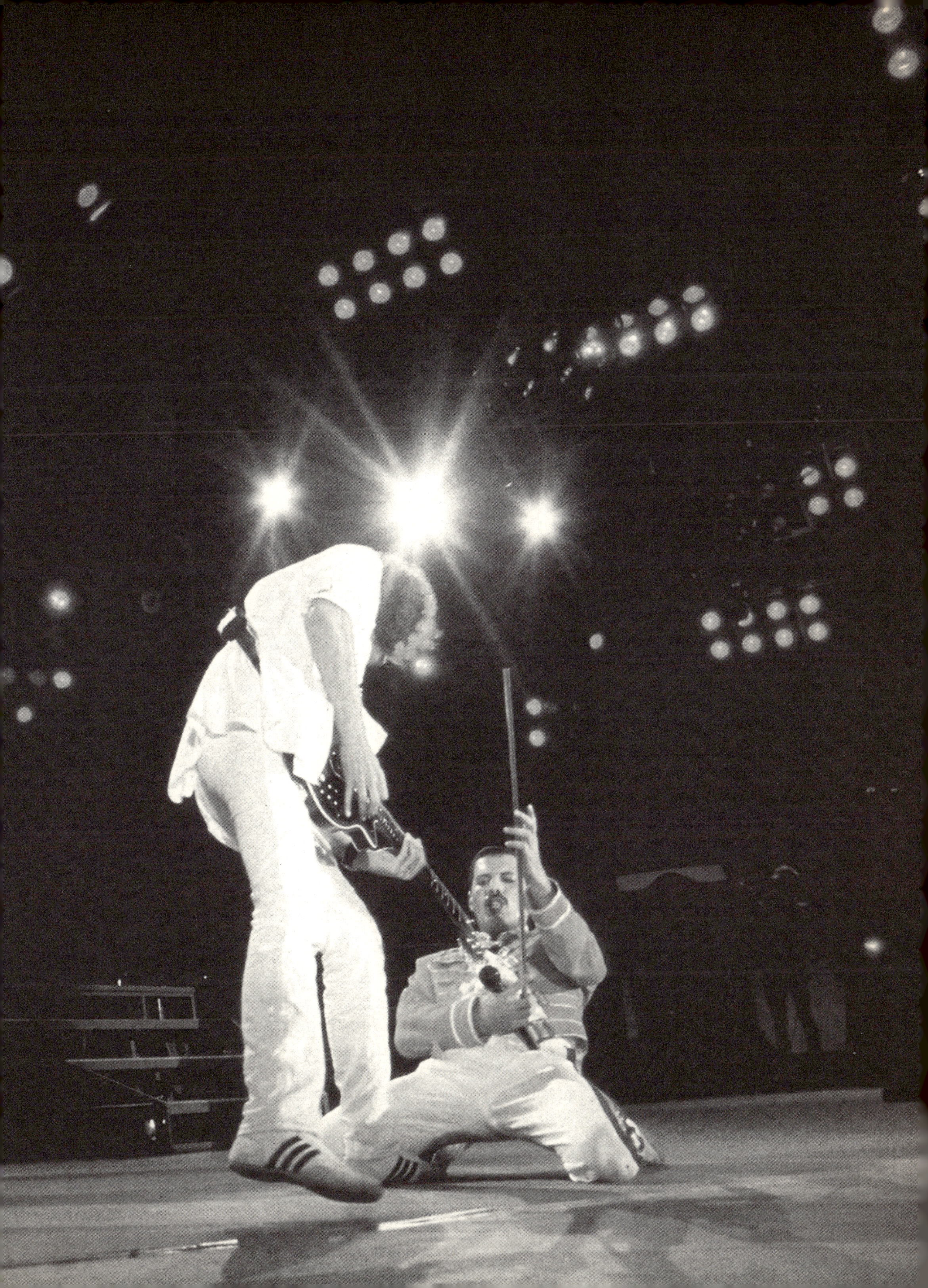

oth-er one gone, and an-oth-er one gone. An-oth-er One Bites The Dust.
Em
Am
To Coda
Hey! I'm gon-na get you too. An-oth-er One Bites The Dust.
F♯m
B
oth-er One Bites The Dust.
(Hand Clapping)
B
Em
n.c.
Sung loco
An-oth-er One Bites The Dust; An-

oth-er One Bites The Dust.___ An-oth-er One Bites The Dust.___ An-

D.%. al Coda   ⊕ *CODA*

oth-er one Bites The Dust.___   oth-er One Bites The Dust.___

F#m   B

Em   Am   C   G

|1. |2.   *FINE*

C   G   Am   B   Em

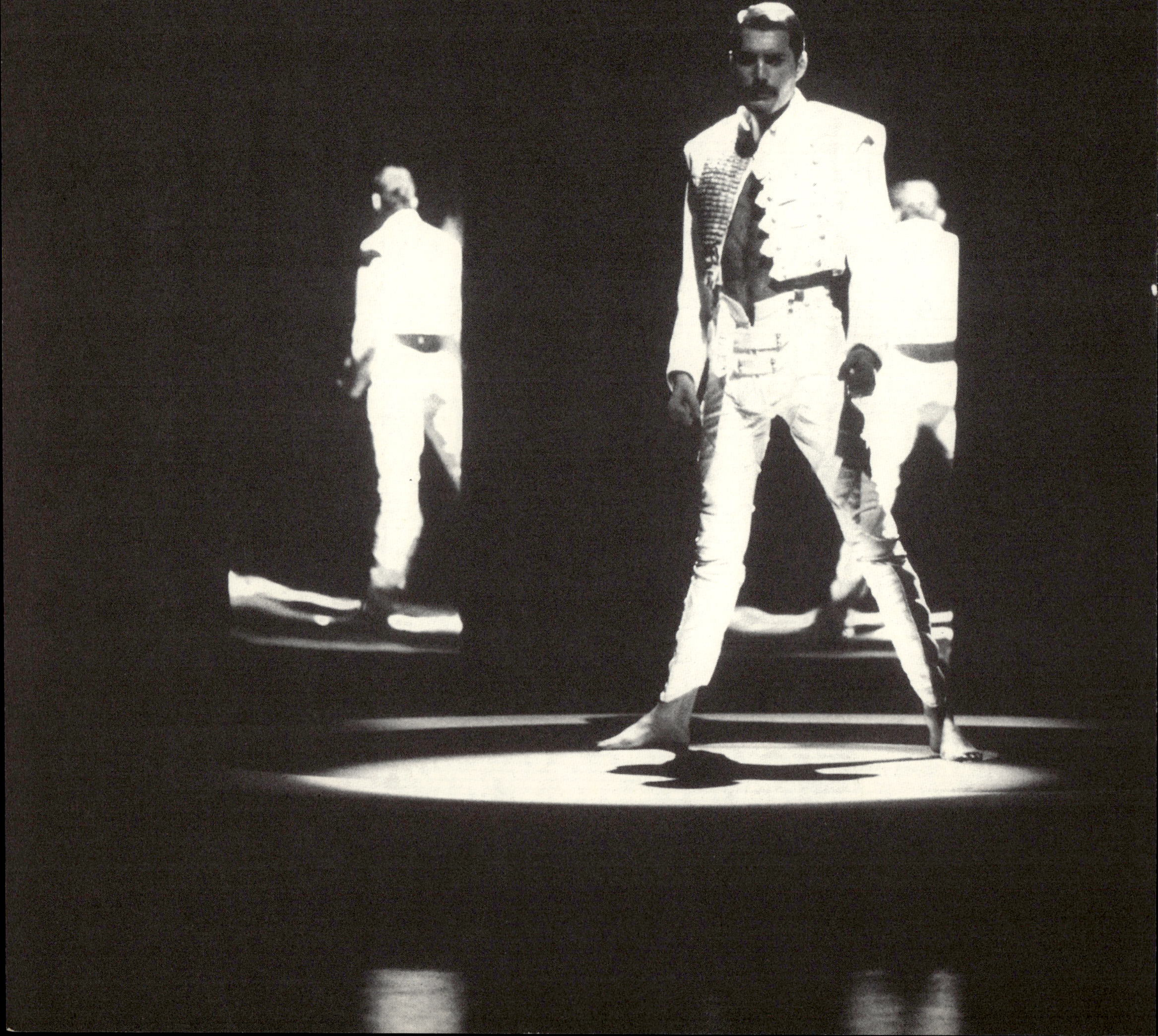

WE ARE THE CHAMPIONS
Text & Musik von Freddy Mercury

Moderately Slow ♩ = 62

I've paid my dues, — time after time.
bows — and my curtain calls.
I've done my — sentence
You brought me fame and fortune and ev-'ry-thing that
but com-mit-ted no — crime. — And bad mis-
goes with it, I thank you all. — But it's been no bed of ros -

© 1977 Queen Music Ltd.

takes, _____ I've made a few. _____
-es, _____ no plea-sure cruise. _____

I've had my share of sand _____ kicked in my _____ face but I've come
I con-sid-er it a chal-lenge be-fore the whole hu-man race and I ain't gon-na

through} And I need to go on, and on, and on, and on. We _____ are the cham-pions _____ my
lose.

friend. _____ And we'll _____ keep on fight-ing _____ till the end. _____

F#dim
Gm
C
(G Bass)
Bbdim
Edim
F
We are the cham - pions. We are the cham - pions. No time for
Gm9
Ab6
To Coda II
Bb7
To Coda I
C7sus
los - ers 'cause we are the cham - pions of the
Fm
Bb
(F Bass)
Fm
Bb
(F Bass)
Fm
world.
C7sus
D.S. al Coda I
Coda I
C7sus
D.S. al Coda II
Coda II
Bb7
C7sus
I've tak - en my
of the
cham - pions

Fanbücher und

BON JOVI
Best.Nr.: B 1264

A-HA
Best.Nr.: B 1271

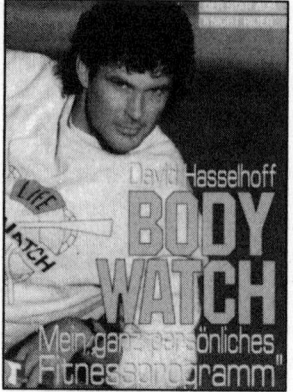

DAVID HASSELHOFF
Best.Nr.: B 1196

SAT.1 SERIEN-BUCH
Best.Nr.: B 1059

SINEAD O'CONNOR
Best.Nr.: B 1189

KNIGHT RIDER
Best.Nr.: B 5914

TOM CRUISE
Best.Nr.: B 1141

PHIL COLLINS - LIVE
Best.Nr.: B 1103

DEPECHE MODE
Best.Nr.: B 1134

ideal vertrieb

"ideal" Vertrieb GmbH
Postfach 52 01 51
Wichmannstr. 4, Haus 8
2000 Hamburg 52
Tel.: 040 / 890 85-100
Fax: 040 / 89 62 01